月が導く異世界道中

Tsukiga Michibiku Isekai Dochu

20

あずみ圭

Azumi Kei

主な
登場人物
澪(みお)
元は巨大な蜘蛛。真と契約して、人の姿を得た。念願のローレル連邦で和食に関する知見がさらに広がっている。
巴(ともえ)
元は「蜃《しん》」と呼ばれた竜。真と契約したことによって人の姿を得た。ローレルでは竜関係の因縁が発生しがち。
深澄 真(みすみ まこと)
本作の主人公。親の都合で異世界へ召喚されちゃった悲運な高校生。狭くてジメジメしたダンジョンはちょっと苦手。

六夜（ろくや）
凄腕のアサシン。その実力は、
真達に気取られずに接近できるほど。
ホクト
真のローレル訪問に
同行するアルケー。
マッピングが得意なので
ダンジョンでは
役に立つ。
ベレン
誇り高きエルダー
ドワーフの職人。
自慢の武器で
真達とともに
大迷宮に挑む。

魔族領
ケリュネオン
ステラ砦
王都ウル
帝都ルイナス
リミア王国
グリトニア
帝国
アイオン王国
学園都市
ロッツガルド
ロビン
ボズダ
ローレル
連邦
ツィーゲ
ナオイ
黄金街道
果ての荒野
月が導く異世界道中
Tsukiga Michibiku Isekai Dochu
世界地図

1

ここはローレル連邦、カンナオイの都市圏内、ヤソカツイの迷宮——いや大迷宮、大牢宮《たいろうきゅう》だっけ。

とりあえずそこは置いといていいか。

その三層目、『パス』と呼ばれるエリア。

『ピクニックローズガーデン』という傭兵団《ようへいだん》を探してこの迷宮に挑《いど》んでいた僕——深澄真《みすみまこと》は、仲間達と一緒に次の層への転移陣に乗って、いきなり一人だけになった。

「同じ陣から進んだのに……どうしてこうなった……」

通信ができない。亜空とだってできた念話《ねんわ》が、まるで通じない。

契約を交わした従者の巴《ともえ》や澪《みお》の無事は感じ取れるから、多分向こうからも僕の無事は分かっているだろう……と思いたい。

僕は今、長い廊下に立っている。あ、パスって廊下って意味なのか？

「おかしなフロアがあると聞いてはいました。三層目からその存在があるらしいとも、聞いてはいました。そしてここには聞いた通りの文字が刻まれています」

思わず声に出す。
３－Ａｌｔ。
３－Ａｌｔ。
３－Ａｌｔ。
三回読んでも３－Ａｌｔ。
『Ａｌｔフロア』……まさか、いきなりそれを引くとは。
しかも、分断までされるなんて、かなり斜め上の展開だ。
二層目に下りた時には、一層目に戻る陣があった。
でもここにはない。
つまり、戻る道がない。
床がぼんやりとした赤色に光り、天井には丸い電球のような赤色の灯りがついている。
床が光っているのは、人が五～六人並んで歩ける程度の幅だ。
その光が前方に伸び、道のようになっている。
それが進行方向って事だろうな。
左右は間隔を置いて円柱状の光が伸びていて、なんかネオンを思わせる。
あとは暗闇。

そこかしこから魔物の気配が伝わってくる。相当な数だ。

二層目の『ドレイクガーデン』ほどじゃないにしても……いや、あっちはだだっ広い場所だったから、密度はこっちの方が上か。

「なんていうか……ひんやりしていて、つるつるで、無機質な材質だな。タイルみたいだ」

冷静に観察している場合じゃないか。

この迷宮で新たな階層に訪れた時にまずやる事は、オベリスクに似た柱状の装置『ポータル』の捜索と、そこでの自分の到達階層の更新だ。

今僕がいる『Ａｌｔフロア』は、曲がりくねってはいるようだけど、第三層『パス』は基本一本道。

その点は素直《すなお》に嬉《うれ》しい。

パスと名付けられた第三層のどこかである事は、間違いないらしい。

導かれるままに進んでいけば、いずれはポータルか……次の層への陣があるだろう。

いや、もしここにもポータルがあるならば、一度ここに来た冒険者がいれば、いつでも来られるって事になる。

……そう考えると『Ａｌｔフロア』にはポータルはなく、先に進む陣だけがある可能性も高い、か。

当たり前ながら、僕にとって二層の敵は大した事はなかったし、この三層でも魔物の強さに悩まされはしないだろう。

それは巴達にしても同じ。

つまりこの場に留まって彼女達との連絡手段を確立するよりも、先の層で合流できる方に期待する方が建設的、って事だ。

「行くか」

僕はやや速い足取りで、赤く照らされた通路をひたすら進んでいく。

魔物は普通に通路に陣取っていたり、赤く照らされていない柱の外の暗闇から奇襲してきたりってパターンで、数分に一回程度のペースで交戦がある。

歩みを止めるほどではない。

全部魔術の一撃でおしまいなんだけど……ドレイクガーデンと比べても大分強い。

あそこは二層目では飛び抜けて凶悪なエリアだって注意書きがされていた上に、入っていくパーティも、そもそも陣にたかっている冒険者の数も少なかった。

進んでみると、竜が数種、陸と空に蠢《うごめ》いていた。

強さ的には、学園都市《ロッツガルド》の生徒のジン達が、夏休みに袋叩きにした亜竜より少し強いくらいか。

二層目はガーデンって名が示す通り、疑似的に空が存在し青々とした草が茂る不思議エリアだったな。もう、迷宮イコール洞窟《どうくつ》って固定観念は役に立たないとはっきり理解できた、貴重な場所だった。

「あそこのドレイクって竜は、地と風の二つの属性に絞られていたけど、ここは……」

既に二十ほど交戦した結果から判断して、このフロアの敵は属性が完全にバラバラ。

それどころか、遠くから魔術を詠唱するのや、近距離で牙や爪を突き立てようとしてくるの、武装して襲い掛かってくるアンデッドなどなど、実に飽きさせない構成になっている。

有無を言わさない無属性ブリッドによるごり押しが通用しているから、僕としてはそれほどきつくない。

ただ客観的に見ると、二層目と比べて相当難易度が上がっていると思う。

はっきり言って、これはもう立派な初見殺しだ。

Ａｌｔか。

パソコンのキー繋《つな》がりって保証は何もないけど、英語っぽい響き。

その三文字から始まる言葉っていうと……。

……。

英和辞書ください。

授業の直前に単語テストの暗記をしていた僕には、ハイレベルすぎる。

いや、読みからなんとなく連想してみるのはありか。

ここは道なりに進むだけで頭を使う事は特にないんだし、暇潰——いや、思考放棄して前進するよりいいさ。

オルト、オルタ、アルト、アルタ……。

オルトはさっぱり浮かばないな。

頭を占めるのは、ゲームとかに出てくる各種オルトロスくらい。可愛《かわい》いのもいる。

オルタは、なんとかオルタナティブってタイトルのゲームがあったな。

あれは……なんて意味だっけ。

別の？　もう一個の、か？

そんな感じだったような気がする。

アルトは、音楽の授業で確か……声の音域の高さ的なのが、そんなのだったような。

ただ、あれは英語じゃなくて、何かヨーロッパの言語っぽかった記憶がある。

アルタは……見覚えあるな。

アルターだかアールタで確か……祭壇《さいだん》とか、その周りの物を表していたような。オカルト関係の単語と一緒に見た。

その中なら、まあ無難に考えてオルタナティブかな。

別のフロア、もう一つのフロアって意味なら妥当《だとう》だし。

パソコンのキーにあっても納得できる。

……というか。

魔物との遭遇率《そうぐうりつ》が上がってきている？

僕が放つブリッドの数が初期に比べて相当増えている。

前からも横からも、それから僕が通ってきた後方からも。

まだポータルも陣も発見できてないのに、わさわさと魔物が迫ってきている。

モンスターハウスならぬモンスターロード状態だ。パスの道選びでは、敵の強さや頻度《ひんど》が重要らしいと、アルケーのホクトから教えてもらったけど、ここはどっちも相当だと思う。

オルタナティブというよりも、ナイトメアとかヘルって前置きの方が似合いそうなんですけど。

天井の方はともかく、床の赤い光が大分遮《さえぎ》られつつあるほどのモンスターの密度だ。

このままだと、群がられて身動きがとりにくくなるのも時間の問題だな。

ペースを上げるか。

ジョギング程度から、明らかに走るくらいの速度に切り替える。後ろの魔物は振り切り、前のは魔術で蹴散《けち》らしていく。

僕は赤い光の上をひたすら走る。

横から来るのは、躱《かわ》せるのは躱して、進行の邪魔になりそうなのや、ついでに刺せるのは仕留めて。

二度めの大きなカーブを見て、なんとなくこの層の形が分かってきた。

最初の直線が体感で大体三キロ程度続いた後、円形に九十度程カーブし、それから少しだけ直線に戻ってまたカーブ。

再び長い直線。

陸上競技場のトラックに近いんじゃないだろうか。

それに通路に少し下りの傾斜があるから、螺旋状《らせんじょう》になっているかもしれない。

そうなると、一周したら終わりとは限らない。長さは未知数だ。できれば勘弁してほしい。

ポータルも見当たらない上に、敵の出現頻度も衰《おとろ》えない。

どうかこの先にまたカーブなんてありませんように。

そう願って突っ走る。

巴達もここは様子が違うにしても、こんな戦闘不可避な階層を進んでいるんだろうか。

もしそうなら、性質《たち》の悪い層だよ、ここは。

工夫より、謎解きより、マップ精度より、ただ戦闘能力重視。

こんな層が点々としているとするなら、ヤソカツイは結構しんどいダンジョンだな。

そんな事を思いながら走るうち、ポータルではないにしても、カーブよりはマシだと思えるモノを発見した。

「あれは、光のカーテン？」

淡《あわ》く優しい緑の光が、オーロラみたいうねりながら前方でたなびいてる。

天井部から床まで続くそれは、確かにカーテンみたいに見えた。

終わりって事なら最高だけど、少なくとも一つの区切りではある、と思いたい。

「っし、ゴールっと」

特に抵抗なく、僕はカーテンを突っ切る。

気分はゴールテープを切る時みたいな。

まあ、実際には陸上競技でゴールテープを切った事なんてないけどさ。

前からは魔物の気配なし。

後ろは……。

振り返ると、カーテン直前まで迫っていた魔物達は、柱の外の闇へと退場して消えていっていた。

これはまた潔《いさぎよ》いというか、ビジネスライクというか。

ともかく、少なくとも休憩エリアらしい場所に到着できたみたいだ。

無意識に小さなため息が漏れる。

「願わくば、次の層への陣がありますようにっと」

僕は前方の探索に移る。

「ゴールカーテンを越えたんだから、当然すぐ先に陣があるわ。面白い事を言う人ね」

この層で初めて他人の声を聞いた。

柱の陰からふわりと飛び出てきたのは、宙に浮く小柄《こがら》な……。

「……ひょっとしてマリコサンですか」

僕は思わず、事前に聞いていたその名前を口にしていた。

それを聞いて驚くマリコサン。

「え、私って有名人!?」

凄《すご》い。誇張《こちょう》でもなんでもない。なんだ、この存在は。

まず、妖精族だろうと言われているだけあって、体長は小さい。

情報通りだ。

んー、とはいってもそこまで小さくもない。

トータルで見ると、フクロウくらいのサイズだな。

たとえば肩とかに乗せていたりしたら、重さ次第では結構な負担になりそう。

立っていたら小人だけど、肩はなあ……って感じ。

「なんか、凄く失礼な視線を感じる気がするわね？」

顔は可愛い。綺麗《きれい》っていうより可愛い。

オーバーオールの服装も、この場所に合うかはともかく、彼女にはよく似合っている。

武器らしいものは持っていないけど、メダル付きのハンチングキャップを被っていて、服と同様にトレードマークみたいで良いね。

何故か一文字、Ｍって彫《ほ》られているのは〝マリコサン〟の頭文字だろうか。

……。

いや、もう誤魔化《ごまか》すのはよそう。

多分……じゃなくて、間違いなくこれ、物凄く『賢人《けんじん》』が――つまりは日本人が絡《から》んでいる存在だ。

まんま世界的に有名な配管工兄弟の絵面が、目の前の彼女以上に僕の頭を占めている。

性別以外はもはやコスプレ。そう、あえて言ってしまおう、コスプレだと。

マリコサンってそういう……。

この世界だと澪以外はあんまり見なかったおかっぱっぽい髪型は、似てないけどな。

「まあいいわ、良いモノ見せてもらったんだし。しばらく前にようやく一人目のクリア者が出たけど、もうここどころか、冒険者をリタイアって感じだったのよね。目もまともじゃなかったのよ。

私が顔を見せたってのに、すぐ帰っちゃった。失礼な奴」

僕は、二人目のクリア者らしい。で、一人目は大分消耗《しょうもう》していたと。

そりゃそうだろうな、いきなりこんな層に放り込まれたらさ。荒野の奥地よりはマシだけど、入口付近よりはしんどい。

僕は別に追い込まれてはいないけど、気持ちは分かる。

って……一人だって？

単身で迷宮に潜る猛者《もさ》もいるのか。

マリコサンの言葉には特に応えず、その言葉の内容を検証していると、彼女は僕の周りを観察でもするように、ふわふわ飛び回った。

なんぞ？

「この間のは迷宮にも慣れてたし、パスの攻略法も知ってたから、クリアの可能性もあるかなーとは思ってたのよね。実際、かなりみっともなくて、下衆《げす》なやり方だったけど、ここまでは来た。途中で随時《ずいじ》仲間を見捨てて、囮《おとり》にしてモンスターを振り切ったから、最後は一人しか残ってなかったってあたりは、外道《げどう》な割には散々な結果かしら」

……生存が一名ってだけで、パーティで来ていたのか。

……。

もし、ここにパーティで侵入できるなら、どうして僕は一人でいたんですかねえ。

「その点、貴方《あなた》は色々凄いわ。パスは時間経過とともに魔物の強さと量が正比例して上がっていく層。だから最優先でマップを手に入れて、とにかくスピード重視で次の層に行くのが、基本にして最適解」

「……」

随時その階層の説明を聞いていたから、パスについては戦闘頻度がかなり高い層だとしか認識していなかった。

だけど大雑把《おおざっぱ》にでも、そんな事言われていたか？

なんか、違う説明だったような記憶があるぞ。

「――なのに、入口でのんびり層の調査を始めて、うろうろ時間をかけてから〝歩いて〟スタートするなんて、愉快な自殺志願者かと思ったのに。しかも一人、パーティも組まずにヤソカツイって。ピクニックですかっての」

なるほど、僕がやったのはほとんど悪手《あくしゅ》だったのか。

うん、時間経過が問題な層なら、即座に走ってスタートするのが正解だったというのは分かる。

だけど強さはともかく、戦闘頻度は結構えげつないレベルだろ。

あれを正比例と言われても、ちょっと納得できない。

そこまでゆっくりしていたわけでもないし。せいぜい……二十分くらいしか立ち止まっていないはずだ。

「しかもここはオルタフロアよ？　魔物は全部凶暴化させてあるし、強さは……それはまあ、十層までの出現範囲より上がらないようにロックをかけてあったとはいえ……上昇速度は二次関数に変えてたのに。あ、もちろん量の方もね」

……。

初見殺しどころか、迷い込んだのを皆殺しにする気満々じゃないか。

二次関数で増えたらどのくらいヤバいのかは、僕にだってばっちり分かるぞ。

明らかに駄目だろ。二十分留まるとか、とんでもない事をやってしまった。

そして、読みは〝オルタ〟でいいんだ。

オルタフロア、ね。把握《はあく》。

「それ、基本死ぬよね？」

僕は抗議の意味も込めてマリコサンに聞く。

一人でここに飛ばされたら、それだけで詰むレベルではなかろうか。

今回のは相変わらず僕の運が悪かった……あ、違うな。

パーティ……それか。僕はここで誰ともパーティを組んでいない。

巴はどこでやってきたかは定かじゃないけど、澪と同じところまでレベルを上げて、二人でパーティを組めるようになっている。エルダードワーフのベレンと森鬼《もりおに》のシイも、パーティを組めるレベルだ。でもそれだと、ホクトも僕と同様に宙ぶらりんのレベル帯だよな。

確かにパーティは組んでいなかったといっても、やっぱり僕だけこんな目に遭《あ》う理由はない気がした。

「……当然でしょ。それなりの難度を用意してるもの」

そう答えるマリコサンは満面の笑みだ。

無邪気で、責められるどころか、むしろ、さあ褒《ほ》めろと言わんばかりに胸を張っている。

「こんな低い階層から、いきすぎな難しさだと、数少ないクリア経験者から言わせてもらいたいよ」

「コンセプトは十層下の難しさでお出向かえ、だもの。大体、無傷でクリアしておいてそんな事言われても、参考にならないわ」

十層下って……。

思わず言葉を失う僕をよそに、マリコサンが続ける。

「そもそも！　卓越《たくえつ》した成績で前の層をクリアしてないと、オルタフロアには来られないの。貴方の場合……ドレイクガーデンで……地竜と飛竜を……どっちも百以上？　え？　この撃破数、マジで？　竜に特別な恨《うら》みでもあるわけ？　ドラゴン絶対殺すマンなの？」

……それが原因か。

確かに二層目は大体僕がやっていた。視界に映ったのは軒並《のきな》み撃ち抜いてた。

一人で狩りすぎた挙句《あげく》、ここに招待されるだけの条件を満たしたって事か。

はぁ……。

「とんでもない人ね。でも私、個人的にはそういう人好きよ。今のここの主《あるじ》も貴方みたいな意味でとんでもないのなら、私ももう少し頑張れるんだけど……世の中完璧にはいかないものよね」

愛らしい仕草で首を傾《かし》げるマリコサン。

これまではなんとかスルーしていたけど、その顔には見事なチョビ髭《ひげ》が君臨している。

付けてますが、何か？

と言わんばかりの付け髭感だ。

……本当に取れそうだな。実際試みたら、関係が最悪になるのは明白だ。

なんとか慎《つつし》もう、うん。

羽がないのに浮いているのはそこまで気にならないんだけど、可愛らしい女性の顔に髭とはまた、物凄い属性だと思う。実際、見たインパクト半端《はんぱ》ないです。

それにしても、主……気になる言葉だ。

該当しそうな存在は知っている。相当変わった竜だとは聞いているけど。

「主か。ドマの事？」

　僕が尋ねると、マリコサンは首を横に振った。

「ドマ？　って、この間やられた竜じゃないの。あれはこの迷宮に力を注ぐモノではあるけど、迷宮の主ではないわ。そうね……せっかくの面白い冒険者だし、教えてあげる。彼は深ーい所の傭兵団と一緒にいる事が今は多いのだけど、この迷宮に長く存在してなかった管理者で、最近目覚めたの」

「管理者？　目覚めた？」

「そう、その人がここの主。だから迷宮も活性化して、オルタフロアも復活した。私達マリコサンも、今は結構大勢いるわよ。オルタフロアか、相応に深い層じゃなければ会う事もないけれどね」

　どうして、どうして……僕らがここに来た後にお目覚めいただけないのか、管理人。

　あれ、管理者だっけ。そこはもうどっちでもいいや。

　急いだり、あんまり力任せにしたり、ちょっとサーチアンドデストロイしたりすると、こんな面倒なフロアに飛ばされるとか、本当に困る。

　特に今日なんてもう、ちょっと覗《のぞ》いて帰るくらいのつもりだったのにさ！

　されどせっかく出会えた情報源。帰るのは我慢して、色々聞かねば。

「あのさ、よければその辺り、もう少し教えてもらえると……」

「んー、それはまた会えたらね、冒険者さん。少し話しすぎちゃったもの」

「あ、僕の名前は――」

名乗っていなかった事に気付く。それに、彼女の名前も知らなかった。

マリコサンは種族名であって、個人名じゃないんだよな？

「自己紹介もまた今度ね。と言っても、私は個体としての名前は持っていないし、欲しいと思った事もないの。そんなの欲しがるのは〝ハグレ〟の子くらいだわ。また私達に会えたら、その時には貴方の名前を教えてちょうだい！　またね、不思議な冒険者さん！　楽しかったわ！」

いや。僕よりマリコサンの方が数倍不思議な存在だと思うのですが。

彼女は一方的に話しまくると、微かな燐光《りんこう》を残して消えた。

マスコットのようで、それでいて佇《たたず》まいは職人のようでもあり。

だが確かに、迷宮の名物になるだけの強力な個性なのは……間違いなかったな。

奥には陣が見える。

周囲にはこれ以上ない静寂《せいじゃく》。

次もオルタフロアなのは勘弁と願いながら陣に乗る。幸《さいわ》いにも、そんな僕の不安は杞憂《きゆう》で終わった。

僕は無事、五人の仲間が待つ次層の入口部分に辿《たど》り着《つ》けたのだった。

◇◆◇◆◇

マリコサンとの初遭遇を果たし、次のフロアで皆《みんな》と合流できた僕は、その日の探索を終了する事にして、宿へ戻った。

三層攻略。

予想ではもっと行けると思っていたのに、大分苦戦している。

初日の反省会的なものをやっていると、成り行きで僕らが保護している刑部《おさかべ》家の姫――いろはちゃんの一行も、いつの間にか会話に参加してきた。

彼女の護衛を束《たば》ねる立場にあるショウゲツさんは何か知っているのか、驚きを露《あら》わにしている。

「オルタフロア？　三層で、入口にＡｌｔと刻まれた……？　まさかギルドを騒《さわ》がせている〝紅《くれない》の回廊《かいろう》〟ですか⁉　実在していたとは」

「今度は紅の回廊の確認……、もう驚きませんとも。私、成長しました」

ショウゲツさんから紅の回廊という名を聞き、いろはちゃんからは諦《あきら》めにも似た感想を頂いた。

「ホクトによると、十層まではもうルートはできておるし、明日以降問題が出るとすれば、やはりそのオルタフロアですな。念話すら通じぬ場所とは、どんなカラクリになっているのやら」

そうまとめた巴に、僕は頷《うなず》く。

「うん。なんらかの条件があるようだけど、前の層で突出した成果があると飛ばされるようだから、急ぎすぎて皆が分断されるってのはまずい」

スピードクリアだけがその条件に該当するとは思えない。

ガーデンだとドレイクの撃破数が条件の一つになっていたんだろうし。

僕ならともかく、ベレンにホクト、シイがうっかりそれでオルタフロアに飛ばされた場合、もしかしたら危険かもしれない。

下に行けば行くほど、その危険もおそらくは高まる。

「でしたら、明日からは私と巴さん、それに若様だけで迷宮に行くのは如何《いかが》でしょう。私達でしたら、誰がその妙なフロアに飛ばされても、特に困りませんもの」

澪が無難ながら一番安全だろう方法を提案してくれた。

確かにそれなら危険はない。僕ら三人だけなら大抵大丈夫だと思う。

ただ……ホクトのマッピング、ベレンの鑑定術、シイの手先の器用さ。

迷宮って環境だと、彼らの能力は下手をすると僕ら三人よりも適応できている。

特にろくに情報がない下層を視野に入れると、僕らだけで進むのが得策とは言えない。

うーん。澪の言葉を切っ掛けに、皆からも意見が続々と出てくる。

当然それは、同行を求める類《たぐい》のもの。

明日以降も迷宮に行きたいのは確かに伝わってくる。

迷宮に行かずとも、いろはちゃんの関係で情報収集とか、上でやってもらいたい事が何もないわけじゃない。ただ、そっちは本来の目的じゃないというか、今の優先順位としては低いと言わざるを得ない。

総力をもって、まずは傭兵団との交渉を成功させるのが第一なんだよな……。

夕食を兼ねた反省会は雑談を交えつつ、結論にはなかなか進まず、といった雰囲気《ふんいき》で進んでいく。

「――そこで意見があるんだが、よろしいか？」

その声は、僕の後ろからした。

僕の首にほど近い場所に刃が添えられ、それを持たぬ方の手を挙げながら、〝彼〟はそう言った。

『!?』

巴、澪以下全員が、その発言で今の状況に気付いた。

まあ、僕もだ。

本当に、いきなり出現したって感じだ。

いや、本当にびっくり。驚きすぎてパニックになる機会すら失ったほど。

首筋《くびすじ》の浜野《はまの》——いや、刃物に今気付くとか、何？

「グランドマスター!?」

皆が驚く中、おそらく彼に向けてそう口にした者が一人。

グランドマスター……耳慣れない言葉だ。

武闘派ロボット的な何かの冠《かんむり》にそんなのがついていたような、ってくらいしか思い当たらない。

言葉の主《ぬし》であるショウゲツさんに、彼が応える。

「うむ。久しいな、ショウゲツ君。随分《ずいぶん》と貫禄《かんろく》がついた」

「グランド——」

「その呼び方はやめてくれ。むず痒《がゆ》いよ。六夜《ろくや》でいい」

「は、はあ。六夜様は、本当に、お変わりなく……」

「私は永遠の二十歳だからな」

いきなり僕に刃を向け、かつのんびりと話し出し、どういう意図か自己紹介までしてくれたショウゲツさんの知り合いらしき人は、冗談めいた事を口にする。そして唐突に僕から刃を離し、音もなく壁を背にする場所に移動した。

暗殺者、かな。とんでもなく凄腕なのは一目瞭然《いちもくりょうぜん》。

どんなスキルによるものか、ここにいる誰にも気配さえ掴《つか》ませなかった。

彼が移動した事で、僕にもその姿が確認できる。

この世界では珍しく、僕と同じくらいの低い身長。長くもなく、短くもない銀髪。引き締まり、しなやかさを感じさせる四肢。

驚いた事に、容姿はこの世界の平均よりずっと、僕寄り。

刃物の正体は一対のカタールだ。

今の彼は構えるでもなく、それを手にしていた。

僕は改めて、ショウゲツさんに説明を求める。

「……ショウゲツさん、彼は？」

「彼、六夜様は私の……師の師です」

師の師？　ああ、だからグランドなのか。

祖父母の英語表現的な。

既におじいちゃんなショウゲツさんの師の師って、どんだけサバ読むんだ、永遠の二十歳って。

しかし六夜と名乗った彼の外見は、確かに二十歳程度に見える。

なんらかの手段で老化が止まっている？

「私は通りすがりのアサシン、六夜と申す者。どうぞ、よしなに」

「あ、これはどうも。ライドウです。クズノハ商会の代表をしています」

僕は商会の代表として振る舞う際の偽名を伝える。

「先ほどは危険な真似《まね》をしてすまなかった。紅の回廊の踏破者《とうはしゃ》を一度見て、確かめておきたかった故、ついつまらぬ事をした。あそこまで迫れたというのに、まるで殺《と》れる気がしなかったのは久々だった。君はなかなかどうして素晴らしい傑物《けつぶつ》のようだ」

いろはちゃんの護衛二人、アカシさんとユヅキさんが呆然《ぼうぜん》と呟《つぶや》く。

「六夜……アサシン、六夜。本物で、生きてる？　冗談でしょ」

「ショウゲツ様も笑える冗談が言えるんだと思ってたのに……本当とか全く笑えない」

ローレルの竜騎士のチュウゴさんは、目を見開いて硬直している。記憶喪失中のモーラの方は……警戒はしているけど、六夜さんへの興味はさほどなさそうだ。いろはちゃんを庇《かば》う位置にいるのが、少し健気《けなげ》だと思ったり。

ちなみに、巴と澪は一瞬で戦闘態勢になっていたから、僕が手で二人を制して落ち着かせた。

わざわざ声をかけてくる時点で、僕を殺す気で来たわけじゃないだろうから。

依然得体が知れない人なのは事実だけど、ね。

「六夜さん、でしたか」

「ああ」

「とりあえず、貴方は敵ではないと考えていいんでしょうか？」

ちらっとアサシンとか聞こえた。

つい最近も、そっち系のに襲われたばかりだ。無関係と決めつけるのは、僕でもやらない。

「ふむ。その問いには〝今のところ〟と前置きをするが、イエスと答えよう」

僅《わず》かな間を置いて彼、六夜さんは僕と向き合ってそう答えた。

「……では、ご用件は？」

「君らの目的について少しな。聞けばライドウ君は下、正確には二十層の傭兵団が目的だとか。それは確かかな」

「……ええ、確かです。でもそれは僕の質問に対する答えとしては不充分です」

「無論、承知しているとも。順に答えよう。まあ、私の事については後でショウゲツ君にでも聞いておいてもらえると助かる。その方が自分で話すよりも、ある意味確かな情報と言えるだろうしね」

自分で話すよりも、確か？

どういう意味だ？

僕に代わって、巴が答えを促《うなが》す。

「それで、若の問いへの答えはなんじゃ？　儂《わし》らが大人しく聞いているうちに話すがいい」

「そうしよう、竜の侍よ。ライドウ君を訪ねた理由の一つは、先ほども話した三層のオルタフロアの踏破者への興味。もう一つはその目的の確認、最後に伝言だ」

「伝言じゃと？」

巴は六夜さんにかなり苛《いら》ついているようだった。声の調子にそれが出ている。

それは澪も、亜空の皆も同様。

一方、いろは組の皆は六夜さんという存在に対して、何か畏敬《いけい》のような感情を抱いているように見える。六夜さんの方から振らない限り一切会話に参加してこないのも、その感情が理由なのかもしれない。

「今、私と仲間達は君らの目的である傭兵団とともにいる。ちなみにその傭兵団の今の頭領は、私の弟子でね、ヴィヴィという。ビビじゃないぞ？　彼女、拘《こだわ》りがあるのか、ここを適当にすると結構怒るからな、気をつけろ。それから、そこにいるショウゲツ君の直接の師でもあるね」

!?

目的の傭兵団の頭がショウゲツさんの師!?

結構おばあちゃんじゃないか！

現役なのか？

まあ、あれだ。ビビもヴィヴィも同じ気がするけど、気にしているなら、その時は配慮するようにしよう。

僕も真って名前だけど、弄《いじ》ってマゴットとかになったら、ちょっと嫌だし。

一応ショウゲツさんを見ると、彼は意図を察して頷いた。

「はい、ヴィヴィ様は私の師です。世界でも有数のストーキング能力と奇襲能力に長《た》けた、遊撃と斥候《せっこう》のプロです」

ショウゲツさんが誇らしげに師について語ってくれた。

一点の曇りもない。一切引いてもいない。

見事な師弟関係と言わざるを得ない。

でも……嫌な説明だな。

うん、嫌だ。交渉相手としては僕には荷が勝つ。会う前から断言できるよ。

「え、じゃあ僕に伝言って？」

まさかそのヴィヴィさんから？　まさかのショートカット路線だったりする、のか？

期待する僕に、六夜さんは首を横に振った。

「いや、彼女からじゃない。同じ層にいる別の者からだ。仲間からの頼みで上に来るついでだったのでね。まあ、預かっておいた。結果、それが君のような……逸材だったのだから、面白いものだ」

「別の……」

「彼曰《いわ》く、用件の詳細や思惑《おもわく》は知らないが、今来るのはお互いに最悪のタイミングだ。ピクニックローズガーデンとの交渉を望むなら、しばらく待ってほしい、との事だ」

最悪のタイミング、か。

二十層の現在の状況は僕には分からないけれど、悪意のある伝言にも聞こえない。

待て、ね。期間にもよる。ある程度なら待てると思う。

「待てとは、具体的にどの程度でしょう？」

「詳細は聞いていなくてな。私の主観的な意見でよければ言えるが」

「構いません」

「そうか。私はおそらく数年程度の感覚で言っていると感じた」

無理。そんなに待てません。

それに、その言葉は傭兵団のヴィヴィさんから出たものじゃない。

つまり第三者の忠告にすぎない。こちらの事情も知らない。

なら、直接交渉に賭けてみるのは、まだ十分選択肢に入れられるはず。

「……長すぎる、といった顔だね」

「仰《おっしゃ》る通りです。僕らは一刻も早くピクニックローズガーデンの力を借りたいんです」

「分からんな。こう言ってはなんだが、君らに彼らの力が必要だとは私には思えない。二十層での攻防という前提なら確かに勝負になるかもしれんが……それ以外の外の状況で、君らが彼らに後《おく》れをとるような事はほぼあるまい。君らの方が上だろうに」

「守勢最強とまで噂《うわさ》される彼らの力を必要としているのは、僕らではなく、ツィーゲです」

僕らの事情を話してみる事にした。

なんというか、目の前で僕らと話すこの六夜という人には、話しても大丈夫だと、そう思えたから。

「ツィーゲ。世界の果てに挑む者達の街か。いや、今でもそうなのかは知らないが……」

「いえ、合っています。今ツィーゲはアイオンからの独立を目指して、二つの勢力と戦っています。もちろん主戦場は交渉や論戦ですが、防衛力の強化は急務です。そしてそれは、今のツィーゲに最も欠けた力でもあります」

「……君らで不足するものを、ローズガーデンには埋められると？」

まだ六夜さんの態度は懐疑的《かいぎてき》だ。

クズノハ商会とピクニックローズガーデン。両方を戦力という意味である程度知っているらしい彼から見て、僕らは相当強力なようだ。

「僕らは、あくまで一時的なツィーゲへの協力者であるべきと考えていますので」

「金で雇う傭兵団など、一時的という言葉の最《さい》たるものだぞ？」

「しかし、きっとツィーゲの戦士にとって多くの見本となり、教材を提供してくれる存在になるだろうと考えています」

「……一時的、とはそういう意味かね」

「……はい。僕らは……クズノハ商会は、多くの人から規格外とか化け物とか、言われてしまっていますから」

「くくっ！　規格外で、化け物か！　それはそれは……気の毒に。さぞ都合よく頼られているのだろうな」

　六夜さんが穏やかな表情を一瞬で破顔《はがん》させた。短くだけど、声に出して笑ったほどだ。

「別に頼られるのは構わないんです。僕らがいるうちは、別に。ツィーゲには僕らだってお世話になっていますから」

「……ほう。面倒、煩《わずら》わしいと感じているからではないとすれば……では何故、君らが助けてやるのでは駄目なんだ？」

「多くの人は化け物とみなした者からは、何も学ぼうとしないからです。化け物なんて言葉自体が、自分達と切り離して別の存在と決めつける、いい例です」

「……」

「でも、それじゃ駄目なんです。だから僕はツィーゲ独立後も変わらずに自力で守り続ける、そのための力の核が欲しいんです。生き抜き、守り抜き、団体で事に当たる彼らなら、その核になってもらえると考えています。いずれ僕らが、ツィーゲを離れる日が来たとしても、安心できるように」

「……実に、面白い。ふむ……こうなってくると話は変わるな。こちらも最悪の状況は脱したわけだし、ヴィヴィ達があのツィーゲで語り継がれるような事になるとしたら、それも素晴らしい」

六夜さんは僕の言葉を聞くと、顔色を変えた。

そしてしばらくぶつぶつと考え事をしながら右へ左へ行ったり来たり。しかしながらその姿に一切の隙はない。これが常在戦場の心得、とでもいうべきものかもしれない。

「物見遊山《ものみゆさん》ならば、私としても帰ってもらうつもりだった。だがどうやら全く違ったようだ。中宮《ちゅうぐう》の許可も正式に得ての入国、そして君の力、予想外の考え。うむ。良い！」

「え、良い？」

あまり予想してなかった言葉だった。

「後はその規格外を、化け物ぶりを見せてもらいたい。それが果たされたなら、私が橋渡しをしてあげよう。自分で言うのもなんだが、心強い味方になるぞ、私は。ヴィヴィはメンへ……面倒くさいところもある娘だが、彼女の師である私が君らに味方するのだから、それがどれだけ有利かは分かるだろう？」

師を敬《うやま》う弟子ばかりとも限らないだろうけど。

傭兵や冒険者となると、むしろ下《げ》剋上《こくじょう》なんて言葉の方が似合うかもしれない。僕はショウゲツさんを見る。実際を知っているだろう彼なら、物差しに使えるはずだから。

アイコンタクトの結果は、真剣に頷く、というもの。

よし、採用。

「ありがたいお話だと思います。では、これから貴方と戦えばいいんですか？　それとも何か課題を？」

「はははは、私はアサシンだよ？　真正面からこれだけの猛者を相手にしても、途中でやられるのは目に見えているさ。後者だよ。さしあたって明日、十層まで到達してみせてほしい。できるだろう？　化け物と呼ばれるほどの力を備えるのなら」

「それはオルタフロアの、ですか？」

「……はは。そうだった。あれがあったか。分かった、あれはオフにしておこう。心配いらない」

「オフ!?」

そんなオプションみたいな扱いなの、アレ!?

「その程度、問題はないとも。何せ君への伝言を頼んできたのは、ヤソカツイの大迷宮のデザイナーその人だからな。奴がいるという事は、最後のフェイルセーフが発動しているという事、つまり大迷宮とローレルの危機なわけだが、実は私はそれほど悲観していない。あの究極の引きこもりも、たまには初対面の相手と話をすればいいのだ、まったく」

「は、え？」

大迷宮のデザイナーって、設計者って事か!?

別に会いたいとも全く思っていませんけど!?

地下深くにずっといる（んだろう）人と話が合うとも思えないし！

……って、六夜さんがもういない。

い、いつの間に。またしても全く気付かなかったぞ？

さらっと大迷宮の危機とか、危ない事まで言っておいて。

悪い予感しかしない。

「……恐ろしい相手じゃな。状況によってはこちらの念話を封じ、儂らの誰にも気付かれずに部屋に侵入し、そして去っていく。いやあ若、これは参りましたなあ。単なる物見遊山とはいかぬようで」

あんまり参った様子のない巴が、序盤だけ重々しく話しやがります。

しかも後半はめっちゃ楽しそうです。お前、にっこにこじゃないか。

一報、澪は不機嫌そう。

「ショウゲツ、あの者の事、詳しく話しなさい。すぐに、何一つ隠さずに、簡潔に。始めなさい」

六夜さんの事をあまり良く思っていないみたいだな。

どうでもいいけど、何一つ隠さずに簡潔に、って結構難しい気がする。

「あ、はい。私の知る限りの事はもちろん。六夜様も話すのを歓迎しておられたようですし」

「簡潔に！」

て、手厳しい。話の潤滑剤的《じゅんかつざいてき》な前フリは許容しないと。

けれど問答無用の澪に促されて始まったショウゲツさんの話は、思わぬ場所にも波及する、なかなかショウゲツ的——いや、衝撃的なものだった。

「六夜様は『始《はじ》まりの冒険者《ぼうけんしゃ》』と呼ばれる方の一人。大昔はどの国にもその伝承はあったらしいのですが、今も失われる事なく話の多くが残っているのは、大国ではローレルのみとなった、古い古い話になります。では、伝承と経験。私の知る全てをお話しいたします」

——ローレルがまだ連邦として存在する前。

この地に比類《ひるい》なき力を持つギルド、『林檎《アプフェル》』があった。

嘘《うそ》か真か、少数精鋭《しょうすうせいえい》からなるこの『林檎《アプフェル》』という存在は、冒険者ギルドの雛形でもあったらしい。

この辺りはきっといくつもの伝承の混同だろう。

冒険者ギルドは、上位竜であるルトが作ったものだし、その元になったのは、あいつの最初の旦那らしいから。確かエリュシオンに関わっていた時にできたんだっけか？

……まあ、ルトが全部本当の事を話してくれていると仮定しての話だ。

あいつの場合、話してない事実なんてのはいくらでも出てきそうだから、とても信頼はできないしな。

それを言ったら、『林檎《アプフェル》』や六夜さんについて教えてくれたショウゲツさんの方も、どこまで信じていいかは未知数である。

何せ始まりの冒険者とは、その『林檎《アプフェル》』の構成員を指す言葉であり、いくら同名の人物と実際に会ったからといって、同一の存在とはちょっと信じがたいからだ。

感覚的にはそう……僕からすれば桃太郎とかと同じレベルの話。

アズノワール、六夜、ギネビア、ハクモクレン、緋綱《ヒヅナ》……十名弱で構成された彼らの知名度は、ローレル連邦においてとてつもなく高い。

武勇伝も逸話も相当あるんだとか。

六夜さんは、アサシンとして義賊じみた話が数多く残っていると教えてもらった。

「その当人が生きているとは、到底信じられぬ事じゃが……」

巴のもっともな意見。ヒューマンはそこまで生きないもんな。

ルト並みに長生きとなると、もはや不死を疑うレベルだし。

「そこのショウゲツが修業を受けた時に同じ年格好だったと言われても、証拠としては弱いですわ」

澪の勘にも特に引っかかるものがないようだ。

確かに。六夜という名前を代々世襲で名乗っているとでも言われた方が、しっくりくる。

「ギネビアさんにハクさん、林檎《りんご》……」

いろはちゃんは何やら唸《うな》っていた。

彼女は、今ショウゲツさんが聞かせてくれたような話はあまり詳しく知らなかったらしい。

立場的に、政治やら習い事やらが忙しかった模様。昔話を聞いている暇はなかったんだろうな。

貴族様は貴族様で大変って事だね。

既に婚約者もいらっしゃる身というのも、考えてみると何気に凄い。

見た目はまだランドセルが似合う年頃なのにねえ。

ともかく、自分がいつのまにか伝説と遭遇していたかもしれない事態に唸りたくなる気持ちは、なんとなく分かる。

「林檎か。しかしローレルってのは、他の国……いや、外に出ない話が結構多い国だよね」

賢人が代表例だけど、それ以外でもこの国は外に対して結構な秘密主義だと思う。

中に入れば容易《たやす》く話題に挙がってくる辺り、単なる秘密主義ともまた違うんだろうけど。

林檎、始まりの冒険者達。そしてドマではなく、フツという竜への畏敬。

なんとも不思議な国民性だ。

「六夜様には実に何十年かぶりにお会いしたが、明日一日で十層まで進めとは。あの方の無茶振りはご健在……いえ、老いてますます盛ん……む、お姿は昔のままでしたが」

ショウゲツさんはさっきから懐《なつ》かしそうな様子で彼の姿を思い返しているようだった。

オルタフロアに拉致《らち》されないなら、十層くらい明日中には行ける。

そっちは大した事じゃないし、それが彼の試験だというなら、元々の目的のついでもある。

全く問題はない。

「ホクト。十層までのルートは構築できそう？」

マップを一番見てくれているホクトにもう一度確認する。

実際ここの構造を考えると、十層だっていくつもフロアがあるんだろうし、たとえ十層に着いてもそこからさらに下に行けなくちゃ意味がない。

つまり最終的に二十層まで進めるだけの期待値がそれなりにある十層に行ければ、最高なわけだ。

「ええ、問題ありません。あの大迷宮は下への移動用の陣も、そのフロアの数も、基本的に下へ行くほどに複雑化していく厄介《やっかい》な構造になっていますが……一つ、ある程度参考にできそうな傾向を見つけました」

一層目のエントランスは馬鹿《ばか》みたいに広い所だったけど、〝僕でも分かるアルケー式大迷宮講座〟によると、二層目からはフロアの合計面積って意味で、どんどん拡大していくらしい。

確かにガーデンも次のオルタフロアも、そこ一層だけ見たらエントランスの方が広かったと思う。

「続けて」

「はい、若様。端的《たんてき》に申しますと、難易度が高い層ほど確実に下に続いております。あの六夜なる人物の言葉を考察するに、おそらくそれらの層を迅速《じんそく》に攻略するほどに、オルタフロアに飛ばされる可能性も高くなるのでしょうが」

なるほど。難しい層ほどシンプルに下に続く、か。

一日で十層まで進むにあたって、僕はオルタフロアに拉致されるのが結構面倒だと思って尋ねたけど……六夜さんは即座にそれをオフにすると答えた。

ホクトはそこからオルタフロアに跳ぶ具体的な条件を推測したと。

うん、そこまでは全然読んでなかった。

今回は無視できるようだから、純粋に喜んでおこう。

それでいいと思うよ、うん。

「各層のフロア毎の危険度を比較した場合、一番危険な層からは、地図に表記される限り、次の層の最難関への陣が必ず存在しています。実際に足を踏み入れないうちは仮説ですが、明日の方針にするには十分価値あがるものかと」

「だね。なら今日のルートをそのまま進んで、一番危険なとこを選んでいけば、行き止まりにはなりにくいと。どうかな、巴、澪。僕もホクトの意見に賛成だけど」

「若がお決めになったのなら、異論などございませんとも」

「同じく。ホクトが役に立ったなら光栄ですわ」

「よかった」

明日はぼっちになる心配もなく、かつルートも確立してもらえて、十層まで進めそうだな。

……いや、そこで満足せずに、さらに先も目指しておくべきか。

より危険そうな層の判別は、巴と澪と僕ですればいい。

それでも　何度かは行き止まりを経験する羽目になるだろう。

時間を無駄にする必要はない。できる事なら、ツィーゲから急報が来る前に帰りたいもんな。

「じゃあ残りの気がかりは、あの六夜さんか。おとぎ話の登場人物が今も健在というのは、如何なものかと僕は思うんですが……」

思い切って、ショウゲツさんに聞いてみる。

「っと、そうでした。そちらの話はまだ全部を話しておりませんでした。実は林檎の方々は、ローレルの歴史に度々登場し続けておられるのです。その……近代に至るまでずっと」

「歴史に、登場し続ける？　ずっと？」

「ここ何十年かは記録がありませんが、言葉の通りなのです。私はあまり他言しておりませんし、歴史に関わるほどの事件でもございませんが、おそらく私が六夜様に修業をつけて頂いた五十年ほど前が、一番新しいものでしょう」

「……」

ますます意味が分からない。本当に不死の人達なんだろうか。

「なんらかの危機に時折ふらっと現れては、林檎の誰々と名乗り、私欲なく事件の解決に尽力《じんりょく》して、また去っていく。何故か、この国の中だけで。ローレルの各地で、彼らの活躍のいくつかが――先ほどライドウ殿が仰ったように――おとぎ話として、民《たみ》の間でも広まっております」

「で、その姿も名前もいつも同じだと？」

いろはちゃん以外のローレル組が頷く。

おふざけの色は一切ない。むしろ崇拝《すうはい》に近い念を感じる。

信じられない話だ。ホラーの領域じゃないか。

「奇妙な話じゃのう。で、自らを始まりの冒険者と名乗っていると申すか」

巴の疑問に、ショウゲツさんが答える。

「いえ、それは違います、巴殿。彼らは自らをそのようには呼称しません。ただ彼らからもたらされた情報のいくつかから、我々が勝手にそうお呼びしているだけです」

「？　つまりはどういう事じゃ？」

「たとえば、林檎の長、騎士アズノワール様は元は剣士でした。そして先ほど見《まみ》えた六夜様は、元は盗賊。そして踊り子ハクモクレン様は元弓手、司祭ギネビア様は元修行僧、鍛冶屋《ブラックスミス》虚薙《こな》様は、元商人という経歴があるのです」

「ふむ。それで？」

「現在の冒険者のジョブの基本形となる職とその派生は、彼らを参考に作られたと言われ、事実その通りであり……かつ、林檎の方々は誰一人冒険者ギルドには所属していないのです」

「……ほう。興味深い事は確か……。だがそんな事は卵が先か鶏《にわとり》が先かというようなものではないのか？」

「かもしれません。しかし剣士から騎士、修行僧から司祭などはともかく、何故盗賊から暗殺者に成長するのか、弓手から踊り子の道が開くのか、商人を経《へ》ねば鍛冶《かじ》のスキルを得られないのか。それらの理由が、後にできた冒険者ギルドが林檎の英雄達を参考にしたからこそだと、我々は考えています」

「……なるほどの。その分じゃと、それらしい辻褄合《つじつまあ》わせや言い訳はそれなりにありそうじゃし、全てを聞くのは無駄か。じゃが……参考にしたというのは有り得るかもしれん。冒険者ギルド、あれはルトがただ一人の記憶から創り上げるにはちと……できすぎておるからのう。儂と同じ事ができるわけでもなし」

巴は小さく嘆息《たんそく》し、別の事を考えはじめたのか、ショウゲツさんから意識を外した。

確かに、巴みたいに対象の記憶を直接読めるならまだしも、聞き取りだけから作るには正確すぎる気もする。

ショウゲツさんは続きを話したがっている様子で、僕は彼と目を合わせてしまった。

まあ面白そうだし、もう少し聞くか。

「現在冒険者ギルドに所属し、聖騎士のジョブを手に入れるには、剣士から騎士にならずに一定の信仰に関する経験を積む必要があります。騎士になってからでは遅いし、逆に信仰を積んだ僧が剣を学んでも聖騎士にはなれない。これはジョブの樹形図の系統が違うからだと、彼らは教えてくれています」

「ジョブの樹形図……」

日本でやっていたオンラインゲームを思い出す。

二次職とか上位職。まさにそういう考え方だ。

剣士は騎士か聖騎士になれて、僧侶はモンクか司祭になれるというような区別は、ある事が多い。

その場合、僧侶がいくら剣を習っても聖騎士にはなれない。

そもそも剣が装備できないだろう。

でも現実でなら、確かに最初に剣を握《にぎ》るか信仰に励《はげ》むかは自由なはずで、どちら出身の聖騎士がいてもおかしくはない——と、僕も思う。

ところが冒険者ギルドではそれが叶わず、事実、不自然な一方通行がある。しかも林檎という団体が、その説明にジョブの系統図なんて言葉を持ち出した。

そして人間大好きなルト。

……。

「もっとも、ハクモクレン様は踊り子と申しましても、そのジョブは神域舞弓《ミューズダンサー》、冒険者ギルドではまだ存在が確認されていない領域のジョブです。ギネビア様も同様で、ジョブは祈闘司裁《オーバーマッシュ》、他の方々も皆様幻《まぼろし》のジョブに就き、既存の上位ジョブと似て非なる強大な力を持つと言われています」

うん、確かに聞いた事がない。というか、ギネビアさんは司祭なんだよね？

なんか、あんまり祈っている感じのジョブじゃないような感じがするんだけど、気のせいだよね。

むしろ握《にぎ》り拳《こぶし》で語っている感があるのは……。

いろはちゃんは、ギネビアさんの印象は冷静で優しくて的な事を言っていたから、気のせいか。

「となると、六夜のあの異様な気配断ちも、特有のスキルと見るべきですか。あの、認識そのものを改変するレベルの隠行術《おんぎょうじゅつ》。持ち帰りたいところでしたのに」

澪に六夜さんのあのステルス？

冗談じゃない。

お願いします、凄い特殊かつ固有スキルでありますように。

最終奥義的な感じでよろしくどうぞ。

魔将レフトの『反射』モドキだけでも厄介で、既に同じ従者の識と環《たまき》が模擬戦で泣かされているって話ですよ。

「よし！　ともかく、明日は大迷宮で頑張るって事で、皆よろしく！　そんなわけであんまり構えないですけど、ショウゲツさん達もお気をつけて。街中、確かにきな臭いですからね」

「安全な範囲の情報収集に留めておきます。恥ずかしながら、まだこちらは方針も定まらぬもので……」

「宿が安全地帯なだけありがたいってもんですよ」

「確かに」

護衛の立場から、アカシ＆ユヅキさんが、僕らと宿が一緒なだけでも助かると頷いている。

ショウゲツさん達は明日も地上で行動するようだ。

「私も迷宮ではお役に立てそうにないので、いろはお嬢さん達についておきましょう」

チュウゴさんは竜騎士の名前も活かせる地上行動を選択。ありがたい。

「この街に妙な緊張感があるのは確かだもの、私もいろはの護衛をするわ」

モーラも地上に残るみたいだ。行動を共にするようになってまだ短いけど、この子は賢いし、勘も良い。いろはちゃんについても、本当に妹分のように付き合っている。

目の届く場所に置きたいからと迷宮に連れていって邪魔をされるのも面倒だし、ここは好きにさせるか。

「では僕らはそろそろ休ませて――」

と僕が言いかけたところで、巴が割り込む。

「湯は当然儂らが先でよいな、ショウゲツ？」

え、またこのパターン？

「そ、それはもう。こちらは無理に居座らせてもらっている身ですので」

「結構。では、若」

「参りましょう、若様。いろはが欠けますから……シイ、お前も来なさい。許します」

はい？

突然澪に振られたシイは当然パニックになり――

「わわわわ、私もですか⁉　……っすか⁉」

そして僕は諦め。

巴と澪に抱えられた僕ら二人は、一番風呂に連行されたのだった。

しかし、シイ。

お前が敬愛する先輩のエリスなら、多分一切動じずに即答で「いえっさ！」だったぞ。

やっぱお前の根っこは、同じ森鬼でもエリスじゃなくてアクアの方に近い気がするよ、うん。

◇◆◇◆◇

「その顔、駄目っすか、六夜さん」

大迷宮二十層。

その一画、居住エリアの奥で六夜と誰かが話をしていた。

「すまんな！　いや、面白そうな輩《やから》だったぞ？　あれは是非《ぜひ》会うべきだ！　オルタフロアも数日の間オフにしといたんで、よろしくな！」

「お、オフ。いや、了解ですけどね。あっちもこっちもトラブってて、真面目に運営するのも面倒なんで」

この場所に住まうようになった者達によって、その層は『ローズガーデン』と呼ばれている。

一層『エントランス』、十層『パレス』、そして二十層『ローズガーデン』。

これらはフロアがたった一つしかない層だ。

光は地上から特殊な方法で取り入れており、明るい。

それを利用した農耕も、そして迷宮での狩りも行われている。

そう。ローズガーデンは外部との経済活動を必要としない、完全な自給自足を可能としていた。

その気になれば一切外の世界と干渉《かんしょう》しなくとも、生活は問題なく続けられるという事だ。

「いや。俺も面白そうとは思うんすけどね、久々に。ただ、今はね……」

渋い表情を見せる男に、六夜が頷く。

「ヒューマンのくせに人間を凌駕《りょうが》する力の持ち主。エルフの原種、人に化けた上位竜に、黒き災害、その子。剣豪イオリの愛刀に、先祖返りのエルダードワーフ。それにカンナオイの姫が一人」

「……超大型イベの予感すね。プレイヤーなら祭りなんですけど、今の自分、運営みたいなもんだから地獄気分でしかないっす」

「俺はもうそういうおふざけは言わんようになったが……まあ、昔ならそう言っていたろうな。上もなかなか荒れているようだし、な」

「それって、半分以上あの勇者の蒔《ま》いた種ですよね？　となると俺も多少責任は感じるんで、なんとかしたいとこなんすけど。あー、何もかも忘れてドマっちと徹夜で九百九十九年設定の桃太郎的な双六《すごろく》ゲームを遊んでいたい！」

勇者との因縁《いんねん》を口にする男の口調は煮え切らず、どこか重いままだ。

「勇者の関与か。それについては、少々雲行きが怪しいな。もう一人も関わっている可能性が少々ある」

「うげ。はぁ、萎《な》える事ばっかっすねえ」

「……なんだ、歯切れの悪い」

「これがニュートラルな状態なら是非会いたいんすけどね、ホント。今のこっちの立場はちょっと複雑なとこがありまして。はっきり言っちまうと、今ライドウに会ったら、ぶち切れる娘が一人いるっす」

「……俺は何も聞いていないが？」

六夜が男の言葉に目を細める。少なくとも彼が知る限り、クズノハ商会とも、その構成員の誰とも、ここにいる面々と悪い縁はできていなかったはずだからだ。

「ですね。どうやらそのライドウってのは、あんまり日頃の行いが良くない奴のようで……俺みたく」

「そうは見えんかったぞ」

「ピクニックローズガーデンのピオーネ。知ってます？」

「確か、数度話したな。一生懸命な娘だった」

六夜は記憶から、ある娘の姿を掘り起こす。

つい最近知った、明るく、何事にも懸命に努力を重ねていた女冒険者だった。

傭兵団に入り、二十層の住人としても馴染《なじ》みはじめていた若い女性。

印象は良い。

「ええ。周りからの評判も良い。実力もついてきてます。その娘の親友が……ライドウに頭を潰されて殺されました。つい最近」

「……なんと。そしてその事実をピオーネという娘が知ってしまった？」

「そうです。ピオーネ自身がその娘達をここに連れてきて、帝国の勇者の魅了《みりょう》の解除を俺に頼んできましたから。なのに……仲間と一緒に途中で魅了のフラッシュバックが起きて、脱走しましてね。再捜索に出ていた最中の事だったとか」

「……」

「脱走した本人の他に、仲間の二人も一瞬で殺されて……ああ、そっちも親友ってほどじゃないにしても、知り合いだったみたいで。今のあの娘は……」

「復讐《ふくしゅう》の虜《とりこ》。話どころか殺し合いになると？」

「林檎の方々にまで助力を願いはしませんし、俺にはそんな権利もないすけどね。多分、そうなります。ここはこっちのホームだし、協力してくれるマリコサンも相当数集まってる。その上、ピクニックローズガーデンと俺が迎え撃つ。奴らには申し訳ないけど……負けはないっすね」

「お前、マリコサンまで総動員して参加するつもりなのか？」

「俺も寝起きの頃、ピオーネには世話になりましたから。ライドウには悪いけど、俺は彼女につきますね」

軽い言葉だが、冗談には聞こえない。

日頃起きていてもやる気を見せない男が、いやに強い言葉を使う——と、六夜はため息をつく。

六夜から事前に相手の強力な戦力を聞いてもなおへたれず、ライドウとの敵対を宣言した。

「これもまた因果《いんが》というものだろうな」

三人の異世界人がそれぞれに影響を及ぼした結果が、これからカンナオイに起きる事なのだろう。

「まさにそうでしょうね。彼女に関わる事じゃなきゃ、せめてね。なんとかなったかもしれないっすけど」

「……だが面白い！」

突然大きな声を出した六夜に、男は口をぽかんと開ける。

「は？」

「とんでもなく面白いものが見られそうじゃないか！　他のは知らんが、俺は……そうだな。不利な方に味方する事にするか。ははは！」

「気楽に言いますね」

「これより悲惨《ひさん》な状況なんぞ、いくらでもあったからな。それに俺はお前もライドウも、それからヴィヴィの事も知っている。まあ、ライドウについてはそこまで知らんか。だがなんとなく分かるのだよ。そこそこ丸く収まりそうだとな」

「まるでアズさんみたいな物言いじゃないですか。ひょっとして憑《つ》いてますか？　あの人は一人でも持て余すんで、勘弁してくださいよ」

「ははははっ！　お前も言うようになったな。だが同感だ！」

ライドウにとっては全く面白くない会話が大迷宮の奥深くで交わされる。

特大の罠に既に嵌《はま》っている事に彼が気付くのは、きっと万全の態勢で迎撃の意思を固める交渉相手と出会ったその時。

クズノハ商会、大迷宮攻略の前途《ぜんと》は未だ見えず。

2

とんでもない任務を受けてしまったと、チュウゴは内心頭を抱えていた。

竜騎士であるチュウゴは、はっきり言ってローレル連邦のエリートである。

竜騎士の花形は飛竜隊《ひりゅうたい》とされる事が多いが、実のところ実力としては各隊伯仲《はくちゅう》している。チュウゴは――性格はともかく――地竜隊の二番手、竜騎士全体でも五位という確固たる実力者でもあった。

だというのに、今回同行している一行の中ではチュウゴは下から数えた方が早い、雑魚《ざこ》扱《あつか》いである。

監視にしろ護衛にしろ、まともにできるはずがない。

クズノハ商会の面々は軒並み自分より上、空から降ってきた少女モーラは、竜騎士から竜の制御や契約を乗っ取りかねない、竜のスペシャリストだ。

そしてカンナオイでかつて〝猟犬《りょうけん》〟とも呼ばれた凄腕の暗殺者のショウゲツ。チュウゴは経験を考慮してショウゲツを自分より少し上に置き、アカシとユヅキ、いろはを下に置いた。

いろはについては完全に護衛対象のようなものだ。彼女を除外すれば、アカシとユヅキしか実力で上回れる存在がいない事になる。

（その上、カンナオイのお家騒動もガチ確定。復活した大迷宮も万全じゃあなさそうだ。これは荒れる、荒れる予感しかない。どうして竜騎士にとって鬼門のカンナオイが、よりによって今こんなにきな臭くなるんだか）

古来、竜が寄り付きたがらない都市として、カンナオイは有名だ。つまり竜騎士にとっても相性が良くない都市でもあるという事。

「嫌な予感がしやがる……」

刑部の姫のお供を務めながら、チュウゴは無意識にそう口にしていた。

情報だけでなく、彼自身も街の放つ気配のようなものから厄介事の予感を嗅《か》ぎつけていた。

「おっと、そうだった。あそこの店で情報提供者と待ち合わせがあるんだった。ひとっ走り行ってきます」

いろはの護衛役の一人、アカシがそんな事を言い出して、集団から外れようとする。

「待て、アカシ殿。お一人での行動は感心せん。俺も同行しよう」

そもそもお前はいろは姫の護衛だろう、どうして忍びのような真似までして情報集めを急ぐ――と、呆《あき》れるチュウゴ。

女神の世界では珍しく、ローレル連邦は男尊女卑《だんそんじょひ》に近い価値観があり、女性は守るべき者と考える男性が多い。チュウゴもその御多分《ごたぶん》に漏れずというやつだった。

刑部家の内情に詳しくないという理由もあったが、一般的な実力者男性にありがちな反応なので、アカシは逆らうでもなく、小さく頷くに留めた。

「失礼いたしました。ご忠告ありがとうございます、チュウゴ様」

「うむ」

チュウゴもアカシを追って同行する。

「らびちゅうちゃんは偉そうね」

「……モーラ嬢、何か？」

「頼りないご主人様に、ラビちゃんが必死に警告してるの、気付かないのー？」

ドラゴンのスペシャリスト、モーラの言葉を受けたチュウゴは、ふと意識を騎竜ラビとの繋がりに向ける。

（っ、確かにラビからの強い警告が止《や》まない。行くな、という事か？　しかしアカシ殿を、女子一人を別行動させるなど）

「はー、仕方がないわね。竜王姫《りゅうおうき》たるこのモーラ様が、代わりに行ってあげるわ。アカシだっけ、行くわよ」

（まるで弟分扱いっ！　ぐぬぬ……いや、怒るなチュウゴ。この娘は幼いし、礼儀にも欠けるが、実力は確かにクズノハ商会に次ぐ。アカシ殿の安全が第一なのだ、別段漢《おとこ》がすたるわけでもない……！）

偉そうなモーラの物言いは、ローレル連邦の男としては耐えがたいものだったが、チュウゴは全身全霊で己《おのれ》を納得させて、引き下がった。かなり無理をしている。だが実のところ、彼のこういう無理ができる点は、上からかなり評価されている長所でもあったりする。

「そ、それは心強い。アカシ殿もこれなら安心というものだ」

（しかし、竜王姫。やはり、どこかで聞き覚えがある。ジョブというより、いつだったか、どこか違う場所で耳にした事があるような……うむー、思い出せん）

チュウゴは怒りを抑えながらも疑問にもやもやするという、器用な混乱状態だ。

「ええ、任せなさい」

「お願いします、アカシ、モーラちゃん」

いろはが言葉とともに頭を下げようとするのを、ショウゲツが止める。

「いろは様、お願いしますなどと。頼む、でよいのですよ、もっと威厳《いげん》を意識してですな」

「もうー、ショウゲツはうるさいのです……」

刑部家の御家騒動に際し、いろは一行は、情報を求めていた。

どんと構えて派閥争いに挑めるほど、いろは派は強くない。むしろ吹けば飛ぶ弱小勢力である。

悲しいかな、ゲリラ戦が如《ごと》き戦い方しかできないのが現状だ。

後手後手を強《し》いられる中、急ぎ求めていたのが、いろはの母であるハルカの情報だ。

彼女はこのお家騒動でも不気味なほどに意見を発さず、姿も現していない。

ハルカの発言力はかなり大きいというのに、だ。

娘であるいろはの名を使っても、全く連絡がつかないまま。

モーラを連れて情報収集に出たアカシは、目についた喫茶店風の店の扉を、藁《わら》をも掴む思いで開けて、見知った顔を探す。

「あ……」

「っっ！」

変化は一瞬だった。

珍しい香りだ、と店内に漂《ただよ》う香気《こうき》に感想を抱いた瞬間、アカシの表情から意思が抜け落ちた。

ふらふらと、より強い香りの方へと歩き、椅子に腰かける。

モーラは逆だ。突然、記憶にかかっていた靄《もや》が晴れ、驚愕《きょうがく》に目を見開く。

（……ああ。全部思い出した。私は、帝国のモーラ。智樹お兄ちゃんの、姫の一人だ……）

モーラはアカシに続いて椅子に座る。

モーラがローレルに来た目的。竜騎士の騎竜の秘密を暴き、パートナーとなる契約竜を増やす。帝国の勇者、岩橋智樹。モーラにとって保護者であり、復讐を果たさせてくれた人であり、初恋の人であり、添《そ》い遂《と》げるべき……最愛の人物だ。

（クズノハ商会、ライドウ。智樹お兄ちゃんの敵で、自分の敵、帝国の敵。害すべき者、殺すべき者、排除しなくてはいけない者……）

　モーラは内心でじっくりと自分の立場を再確認する。

「よく来てくれたわ、アカシ。とても重要で、緊急性の高い情報を入手したの。巫女《みこ》でも精霊でもなく、このローレルを真に統《す》べるべき方の存在について。ええ、もちろん刑部ハルカ様の情報についてもね」

　待っていた人物が、アカシを明るく迎えた。

「ローレルを、統べる、方……」

「賢人様、名を智樹様」

「ともき、さま」

「ハルカ様もいろは様も、きっとお喜びになる。大切な情報をしっかり持ち帰ってね。詳しくは場所を改めて、夜を待ってから……そして貴方も」

　陶酔《とうすい》した様子でアカシと話していた女が、モーラを見る。

「私は既に寵愛《ちょうあい》を受けたわ。あなた達も早く私と一緒になれるといいわね」

優しい目でモーラは女に応じる。普段とまるで変わらない彼女のまま。

「まあ！」

「また夜にね、今はいろはも皆も待たせているから。そうそう、できれば『竜園《りゅうえん》』についても知っている事があれば教えてちょうだい」

モーラは迷いなく言葉を紡《つむ》ぐ。まるで指示を与えているようにも見えた。アカシがぼんやりと恍《こう》惚《こつ》と言葉を繰り返すのとは対照的だ。

二人は同席する人物と数分言葉を交わし、立ち上がった。

喫茶店風の店を出る前に、モーラは手にした杖でアカシの背をポンと突いた。

「!?」

「アカシ、しっかりして」

「あ、あれ？　私」

「もう。夜に出直すって話でしょ。ユヅキも誘って、いろはのお母さんの居場所について話を聞くって」

「あ、そうだった！　やっとあてにできそうなネタが手に入ったんだった！」

「そうそう、アカシのお手柄《てがら》よ」

店を出ていつもの状態に戻ったアカシは、いろは達の所に揚々《ようよう》と帰っていく。

「……ねえ、いろは。私達、友達よね。友達なら……ふふ」

自分にしか聞こえない小さな声で、モーラはこの短い旅で一度も見せた事のない艶《つや》のある笑みを、俯《うつむ》きがちに浮かべた。

二人に絡みついていた香りが、モーラの魔術で吹き払われる。

普段通りの情報収集を済ませた顔で、アカシとモーラはいつもの様子で「ただいま」と口にした。

◇◆◇◆◇

六夜さんが出した課題をクリアするため、僕は再びヤソカツイの迷宮に挑んでいた。

第一層『エントランス』。

全ての分岐の始まり、最初なのに、実は以降の難易度を大きく左右する、重要な場所でもある。

いつもお祭り会場で、食べ物臭がやばい。

人の数もやばい。

危険度も低く、観光地としてのヤソカツイ大迷宮といえばココ。

むしろ出没する魔物が哀《あわ》れになるレベルだ。

第二層『ガーデン』。

一つ一つの広さはエントランスほどじゃないけど、見渡す限りまるで屋外のような空間だ。

エントランスより広大な場所も数箇所ある。地形や出現する魔物にはそれぞれ特徴があり、二層目ながら、既に難易度の幅が恐ろしく広い。

一番難度が低い入門編は、その名も分かりやすい『ビギナーズガーデン』。

僕らが二日目にホクト達に先陣を任せながら駆け抜けたのは、初日と同じドレイクガーデンって所だった。まあ、一言で言えば、竜の巣みたいなエリアだ。

第三層『パス』。

ここは狭い。

その分、多くが一本道であるこのフロアでは、戦闘そのものの回避が難しい。

直線だったりトラックだったり、らせん状だったり、コースの形状は割と多岐にわたる。

戦闘回数が増えて消耗も激しくなるため、複数パーティでの共闘や戦闘経験の蓄積に使われる事も多いんだとか。

当然、ここでの死者は前二層よりも遥《はる》かに多く、初心者達にとって最初の壁になる層でもある。

ホクト情報によると、エントランスからビギナーズガーデンに進むと、この三層目が『ビギナーズパス』になり、そこで行き止まりになるらしい。

オルタフロアのせいで僕は初めてだったけど、巴達にとっては二回目でもあり、『トライブパス』と呼ばれるフロアを通過した。

そこは直線とホールがいくつか続く単調なフロアで、直線部分での雑魚戦と、ホール部分での大物戦が交互に続く構成だった。

ちなみに、ギミックなども登場しはじめ、上層と下層を行き来しながら先の階層に進む流れも、ここから解禁される。しかしなんというか、ここはコンプ癖《くせ》のある冒険者からしたら、一生通えるダンジョンだな。

第四層『バリー』。

まんま谷状。谷底を進むフロアで、視界がやや暗い。

パスみたいに行動範囲が制限されるんだけど、ただ谷である分、敵やトラップが立体的になっていた。

空からの襲撃ってやつだね。翼のある魔物がメインで出てきて、時折地面からもワーム系のが奇襲を仕掛けてきた。

トラップは落ちてくるものがメイン――と思っていたら、最後には谷そのものが狭まってきて、結構な迫力があった。

『ネグリジェバリー』ってフロア名を聞いた時には、ちょっと色々と好奇心が湧《わ》いたのは否定しない。大体、谷ならバレーって呼べよと。

いや、実際の発音なんて覚えてもいないよ？　でも日本人的に正しいカタカナ英語としては、バレーだろうと。

ちなみにピンクな要素は一切なく、フロア全体に全能力を下げるデバフ効果みたいなものが付与されていた。

……どこがネグリジェなんだか。

第五層『メイズ』。

これぞダンジョン。迷路である。

憂鬱《ゆううつ》なフロアだけど、通路や天井がそれなりに広いから、閉塞感《へいそくかん》はなかった。それだけが救いだね。

あとはホクトがきっちり次の層までのルートを構築していてくれたから、僕らは迷わずついて歩くだけで良かったのも大きい。

武装したゴブリンやオーク、リザードマン他、獣人系の魔物が多く出現し、こちらを見つけると全速力で襲い掛かってくる感じの、好戦的なフロアでもあった。

『ソードメイズ』ってフロア名を信じるなら、剣の迷宮なのか。

ボスっぽいのも大きな剣だったし。

剣だけが宙に浮いて踊るように斬りかかってくるのは、軽くホラーに通じるものがあると思いました、まる。

しかしソードメイズ……ソードメイス。

響き的に、刃が付いたメイスみたいな特殊な鈍器が出てきたら、かなりカッコいいと思ったんだけど、登場しなくてちょっと残念……。

地味に地上や他層とのリンクを作るオベリスク、ポータルの場所がスタート地点から遠いのが嫌らしかった。


第六層『ヒル』。

丘じゃねえよ。こんなの山だ。

マウンテンに改名しろと思った。

舗装《ほそう》されていない登山道程度に均《なら》された道を、生《お》い茂《しげ》る木々に囲まれながら延々上っていく。

道はうねうねしているし、魔物は気配を感じさせずに奇襲ばっかだし。

森鬼のシイだけは樹木がたくさんの空間にご満悦《まんえつ》らしく、これまで以上にハイテンションで、一番槍ならぬ一番鈍器として、襲い掛かってくる獣達のミートをチョッパーしていた。

『ハイドハイドヒル』という名の通り、敵の気配が掴みにくいフロアで、だからきっと名前も二回繰り返してあるんだろう。大事なところだからね。

でも、シイには相性抜群でしたと。

樹々から情報を強制収集できる上位の森鬼に一応属している彼女からすれば、気配を断つのが上手い獣達も、物理的に丸見えだったようです。滅茶苦茶《めちゃくちゃ》イキイキしていた。

合掌ものの悲劇だ。

そういえば一層で会った情報屋のゴンゾウは、どんな五層と六層を見て、何に絶望を味わったんだろうな。彼の時とは通過した層も違うだろうけど……よく分からなかったな。

第七層『ホール』。

マップを買わなかったり、事前に情報集めを怠《おこた》ったりしたまま辿り着いた多くのパーティが半壊、もしくは全滅するフロア。初見殺し感が凄い場所である。

まあ、ここまで進んだ中で、そういうミスをする輩は相当レアだと思うけど。

入った瞬間、でっかい落とし穴である。

とっかかりも何もない。ポータルさえもない。

ただ落ちる。

そして飛行する魔物に襲撃される。

底には次の層への陣がポツリと。

なんらかの手段で落下を制御しないと、運よく魔物を振り切って底に辿り着いても、グシャッとなって終わりってわけだ。

どこかにそういう落下制御装置が浮いていたり、壁についていたりもしなかった。

マップ情報によると、スイッチで浮遊効果を生み出すギミックや、ところどころに足場があるホールがほとんどなんだとか。

しかし僕らがいるこのフロア――『グレートホール』に関しては、完全に自力でそれをやれって事なんだろう。

ただ、底が見えない大穴で次の足場があの辺にあるはずだからと、毎回自分の意思で助走をつけて飛び降りる方が、問答無用で延々落とされるより遥かに怖いんじゃないかと思ったりした。

ともあれ、僕らに関しては特に問題なし。

出オチである大穴以外に大したギミックもなく、全員ゲートの一つに無事着地して、先に進んだ。

なんとなく、こここそ精神的な意味で大きな壁のような気がした。


第八層『レイク』。

地底湖。つまり探検隊の浪漫《ロマン》。異論は全部認めます。

剥《む》き出しの土と岩と、閉塞感たっぷりな岩盤の天井を見ると、改めてここが地下に広がる迷宮だと認識させられる。

そんな空間に、蛍《ほたる》の光みたいな優しくぼんやりとした光が、湖の底から放たれていた。

空間全体を見るなら薄暗い程度の、眩《まばゆ》いとまでは表現できない光だ。

ただ湖から広がるソレは、強い存在感を放っていた。

広く深い地底湖の水面《みなも》には、人が一人乗れるくらいの石が大量に浮き出ている。

石柱の頭部分……というわけではなく、文字通り浮かぶ石だ。

それらは鈍器込みならパーティ最重量クラスのシイが乗っても沈まない、強い浮力を持っていた。

次点のベレン、ホクトももちろん大丈夫。

ただ面積の部分で、同時に二人乗るのは難しい感じだ。

ポータルはこれまでの大体の層と同じくスタート地点からほど近い場所に。

そして湖の中央には次の層に続く陣がある。

この辺りに関しては、シンプルなフロアだ。

やるべき事が分かりやすい。

浮石を辿って中央の小島に到達して、先に進めって事だろう。

魔物は湖に棲息《せいそく》する水棲系《すいせいけい》ばかりで、地上からの攻撃はなかった。

気配はともかく、湖から水面の羽虫でも狙うが如く飛びかかってくる魔物達の体は、ほとんどが透明。擬態の一種だろうか。

それを足場の悪い中、行動もかなり制限されている状況で捌《さば》いていかなければならないのは、なかなか骨が折れる作業だった。

しかも中盤からは、外見じゃ見分けがつかないくせに、乗ると沈む浮石まで登場してくる始末。

一気に奥まで飛ぼうとした巴が、中継地点にするはずだった足場で〝水も滴《したた》る良い巴〟になった。

そこでカチンときたのか、巴が水の中で何かをしたらしく……その後の水中からの襲撃は一切なくなった。

まあ、僕もその心境には共感できる、ストレスが溜まるフロアってのが一番の感想だ。

『クレイドルレイク』——次があれば、正解の足場を一気に駆け抜けて終わりにしたいところだ。

第九層『ゲート』。

要はワープフロアだった。

これも正解さえ分かっていれば、道筋はどうとでもなる。

この大迷宮を攻略してきた先人達に、ただただ感謝だね。

……本当に。

こんな面倒なワープの繰り返し、とても一つ一つ試すなんて気にならない。

何故かホクトが残念そうにしていたのも、完全にスルーだ。

基本、それほど広くもない小部屋で四択を繰り返す仕組みになっていて、それぞれの部屋も大して代わり映えしない。

いずれかの扉を開けるのがスイッチのようで、対応した次の場所に移動させられる。

『キューブゲート』――単調だからこそ迷いやすくもある、厄介な場所に感じた。

しかも魔物が待ち構えている部屋も結構あって、移動後に即戦闘になるケースは多かった。

ここは澪にはあまり楽しい場所ではなかったようで、待ち伏せしていたはずの魔物の多くは彼女のストレス発散の尊《とうと》い犠牲《ぎせい》に……。

何十回かの移動の後、前方に見慣れない下層への通路を見つけた時には、思わず安堵《あんど》でため息が出たね。

第十層『パレス』。

ここのポータルは、これまでの層とは比べものにならないほど人で溢《あふ》れていた。

驚きの光景だった。

もちろん、エントランスとは比較にもならないにしてもだ。

数十人がポータル付近でいくつかのグループに分かれて、話し合いや商談に興じている。

一体どういう事なのか。

僕らがポータルに近づいていくと、集まっていた面々の視線が一斉にこちらに注がれ、若干の居心地の悪さを感じた。

これは……何か、奇異なものでも見る目のように思える。

フロアのイメージも全くダンジョンっぽくない。いや、これまでもそういう層はあったけど、ここは何か違う。

そう、これは豪華《ごうか》な室内。そんな感じだ。

くつろげそうという意味なら、ここは確かに人が集まるだけの理由があるのかもしれない。

十層まで来られるという事は、それなりに経験も豊富な人達だろうし……エントランスよりは役に立つ情報が期待できるかな。

恒例の作業になったポータルの登録。

これまた恒例になったオベリスクから返される赤い光。

登録終了の合図だ。

よし、これでいつでも十層には来られる。

六夜さんからの課題も無事達成した。午前いっぱいで終わってよかったよ。

皆は……あんまり疲れている様子はないけど、情報収集も兼ねて、ここで一度休憩するのもいいな。

時間もちょうど昼頃だ。食事にするのも良い。

これだけ人がいるんだから、探せば店もあるかも。何か買えればサプライズで一品増える。

こういうのは、たとえここが迷宮の地下十層でも地味に嬉しかったりする。

「共通十層パレスにようこそ。久しぶりに新人の顔を見た。よろしくな」

僕らに視線を向ける人垣から一人が進み出て、歓迎の言葉と握手を求める右手を出してきた。

なるほど、久々の新顔が珍しいってわけか。納得。

ここで顔を合わせるクラスになると、やはりあまり代わり映えもしなくなるんだろうな。

いなくなるって方は別にして増えるって方の変化は少ない、か。

それに〝共通十層〟って言葉。

ここのポータル周辺に妙に人が多いのはひょっとして……。

差し出された男の手に応じ、握手を交わす。

同時にホクトに視線を送ると、彼は頷いた。

つまりここパレスはどのルートを通っても十層目として到着する場所。

だから全てのルートでここまで到着した連中が集まるフロアになってるわけか。

「はじめまして。クズノハ商会、代表のライドウと申します。同行者は皆従業員で巴、澪、ベレン、ホクト、シイ。時間はかかりましたがなんとかここまで来られました。こちらこそよろしくお願いします」

「商会？　いや、ここまで来たんだ、実力はあるんだろう。もしここで、商談中心で立ち回りたいなら――」

ここにいる冒険者達の中でも立場が強そうなその人が僕と話を始めた直後、人の壁をモーゼよろしく切り裂いて割り込んできた人物がいた。

「いや、彼らにそのつもりはないよ。そうだろう、ライドウ君」

聞き覚えがある声。

彼だ。

「はい、少なくとも今回はここで商売をしに来たわけじゃないです。まさか待っていてくれるとは思いませんでした、六夜さん」

　僕の言葉を聞き、周りがざわつく。

「っ、六夜だって⁉」

「林檎の……嘘だろ」

「ガキの頃見た肖像と全く同じ」

「……本物、なのか？」

　見たところ若く見積もっても四十ほどに見える目の前の男を筆頭に、皆が六夜さんを見て目を見開いて驚いている。

　六夜さんの外見は、相当長い間変わっていないんだな、本当に。

　周囲のガヤはさらに大きくなっていった。

「なんの、来たばかりさ。早めに来て、君らの事をここの連中に知らせておく予定だったんだがね。まさか半日で踏破するとは、完全に予想外だったよ。まさに規格外、化け物だ」

　当の六夜さんは、僕ら以外をまるで気にする事なく話を続ける。

「はは……」

「確かに、これでは並みの冒険者はおろか荒野の果てに挑む一線級の強者達でさえ、君らの背から学ぶなど難しかろうな。おそらく丁寧に導いてやったとて、そこには学び追いつく気概よりも畏《おそ》れが先に顔を出す。なるほど、なるほど……。いや、納得した」

「……」

どこか哀れむような光が、六夜さんの目に少しだけ浮かんだ。

そして、それと同じくらい少量の共感？

表情の読みにくい六夜さんの柔和な笑みからは、やはりあまり多くは分からない。

「さてここにいる事が全ての証明であり、課題は合格だが。参考までに通ってきたフロアを教えてもらってもいいかな？」

「分かりました。ドレイクガーデン、トライブパス、ネグリジェバリー、ソードメイズ、ハイドハイドヒル、グレートホール、クレイドルレイク、でキューブゲートです」

僕が六夜さんにフロア名を伝えていくごとに、周囲のざわめきが小さくなり、静まっていく。

「……そのルートを設定したのは、ライドウ君か？」

「いえ、このホクトに」

「なるほど。何か意図があっての設定かね？　ああ、糸じゃないよ」

ホクトが僕に発言していいかを確認する視線を送ってくるので、黙って頷いておく。

既に課題は果たし、彼の協力は得られる。

特に問題はないと思う。

それにしても、六夜さんは……ホクトがアルケーだと、暗に気付いていると伝えてきているんだろうか。怖いな。

巴も初見で正体を知られていたようだし。

「……この迷宮は難易度が高い層ほど、次の層も難度が高い場所に繋がる陣が存在している事に気付いた。もちろんそうでない層への移動も可能になっていたが、危険が増すほどに確実に次の層に進める。だとすると、若様と我々なら、そこを進むのが最短にして最善と判断しただけだ」

「だから、か。謎解きやトラップ回避がメインになるルートもあったのだがね。それらは不得手《ふえて》か。きっとここにいる連中の半数以上はそうしたルートを踏破した者達だぞ？」

六夜さんは楽しそうにホクトへの問いを続ける。

「別に不得手ではない。ただそれらのルートを選ぶと、層の行き来が多い。無駄な時間だ。たとえば二層を四つ踏破して石板を揃えてから特定の三層に挑み、その後七層までに四回、ここまでには十回以上……そんな調子で、上層との行き来を必要とする。通過するフロアの数も膨大《ぼうだい》だ。今回設定したルートなら、ただ進むだけ。一フロアずつ攻略すれば済む。そちらが今仮定したルートで、一日以内にここまで到着するのはほぼ不可能だ」

「……いや、言葉もない。完璧な回答だ。それはヤソマガ……ああいや、ヤソカツイの迷宮の確実な攻略法の一つだ。どうやら君達は私のアドバイスなどなくとも、無事に二十層まで辿り着けそうだな」

　いくつか試されていた事に、ホクトはやや不満そうな態度で六夜さんに応じていた。

　別に六夜さんに気にした様子はなかったから、僕も何も告げない。

「では六夜さん。昨夜のお約束通り、交渉の席で私どもに味方していただけるという事で、お願いできますよね？」

　一応、確認しておく。

「もちろんＯＫだ。約束は守るとも。しかしながら、あれから問題の仔細《しさい》が分かってね、これがなかなかに難題だ。無論〝交渉の席〟において、私は君らにつく。つくが……その席を設けるまでについては、味方とはいかないかもしれない」

「どういう事でしょう？」

　返答に詰まる六夜さんは、困った風に苦笑を浮かべる。

　こちらとしては彼の答えを待つしかない。

　巴と澪をはじめ、連れが六夜さんの態度に少しずつ苛ついているのが分かる。

　彼の方に何かイレギュラーな事態が起きている、って事だろうか。

「はぁ、いかんな。どうにも難しい。どうだろう、時間も頃合いだ。飯でも食いながら、少し私に時間をくれないか？」

ため息交じりの六夜さんの提案に、僕は乗る事にした。

「……分かりました。昼時ですしね、そうしましょう」

予定外の人物を一名追加。

ポータル付近の一画で食事の用意を進めた僕らは、他のパーティからの強烈な好奇心全開の視線を向けられながら、休憩兼昼食をとるのだった。


六夜さんの話を聞いた僕は、頭を抱える。

「それって、あの娘達の事ですか……」

六夜さんから告げられた問題には、僕が大いに関わっていた。

つい最近の事だ。

ショウゲツさん達とまともに話をした最初の時、僕は帝国の密偵らしい暗殺者に襲われた。

奇遇にもその刺客《しかく》は、僕と面識のある三人の娘さんだった。

しばらく前にグリトニアを訪れた時に、智樹から巴の代わりにと差し出された女の子達。

その頃から全員が彼の魅了の力にどっぷりで、あいつの命令なら自分が物みたいに扱われる事にもなんの抵抗もない感じだった。

レベルもそれなりに高いと、智樹から聞いていた。

タイプが暗殺者だったのはこの前初めて知ったにせよ、まあ、あの時三人の目を見てすぐに分かったんだよな。

……手遅れだって。

だから排除した。

あの場には僕以外にも何人かいたし、ごく初期にその人達を襲った時の動きならともかく、僕に向かってきた時の鋭《するど》さを見る限り、ショウゲツさん達にとって彼女達は脅威《きょうい》になり得た。

速《すみ》やかに殺したのは正解だったと、今でも思う。

思うけど。

まさかあの娘さんの中の誰かが、下にいる人達の関係者と親友だったとは。

参った。そして困った。

つまりこれから交渉に向かう傭兵団とは、第一印象最悪の状態ってわけか。

「だろうな。頭を潰したとか?」

「……でしたかね。確か首を折ったのと……いましたね頭を潰したのも。後は、胸にブリッドか」

僕は呼び起こした記憶を頼りに、六夜さんからの質問に答えた。

あまり覚えていないけど、多分そんな感じだったと思う。

『魔力体《まりょくたい》』で拘束したのを、ぽんぽんと二人、それからブリッドで終わり。

うん、そうだ。

そういえば、色々慣れたおかげか、食事中でも普通にこういう話題に応じられるようになったな。

「無影《むえい》クラスの高レベル帯からいきなり襲撃されたとなれば、ライドウ君の対応に責はないと私は思うんだがね。そこは当事者だ、なかなか呑み込めぬようだよ。ふむ、これだけ美味《うま》い食事は久々だ。これはどこで？」

六夜さんが食事に気を取られながらも、僕の行動をフォローしてくれた。

この件、冒険者目線なら、彼でなくても僕の方に理解は示してくれるだろうと思う。

ただ、殺《や》られたのが自分の親友なら。

それが智樹の魅了を解除するためになんとか苦労して仲間と引《ひ》き剥《は》がし、ここに引っ張り込んで治療にあたっていた最中《さなか》、一瞬の油断で逃亡された直後の出来事だったなら。

納得できないって気持ちも、分からないではない。

「そう言ってもらえると。ああ、今日の弁当は、宿の厨房を借りてうちの従業員が用意したものですよ、六夜さん」

「クズノハの手製だったか……」

六夜さんが不意に黙って僕以外の面々を見回す。

「して、どなたが？」

にこやかに聞いてくる。どうやら本当に気に入ってくれたみたいだ。

醤油《しょうゆ》や出汁《だし》を扱った和食の味付けを取り入れた献立《こんだて》だけに、亜空以外で食べ慣れているという人はいない。だから少し不安はあったけど、杞憂だったか。

ローレルは賢人の存在故《ゆえ》に、日本風の要素が他の国よりも遥かに濃いのに、料理については何故か中華に寄っている。

醤油に似た味付けの調味料は存在しているけど、そのものかと言われると少し違っている気がするんだよな。

その辺りは、亜空の方が再現率は高い。

身内贔屓《みうちびいき》ではなく、そう思う。

「主に澪ですね。シイもよく手伝ってくれたようです」

「ほう、澪殿。少し失礼」

僕の左隣にいた六夜さんは、反対側——僕の右隣に座っている澪の横に移動して、その肩口辺りに顔を持っていくと、いきなり匂いを嗅いだ。

彼の鼻がひくつくのが分かる。

「実に良い匂いだ。懐かしくもある」

匂いを堪能したのか、彼は僕の横に戻ってくる。

「……その鼻、どちらにねじ切ってほしいですか？」

対する澪は無表情からの氷点下の笑みで、即座に立ち上がろうとする。

僕は慌《あわ》てて彼女の肩に手を置いて、その動作を止めた。

少し力を込め、座ってもらう。

話題ならともかく、食事中に本物のバイオレンスは困る。

「六夜さん、いきなり何を？」

僕は彼の意図を尋ねた。料理の上手い嫁さんが今急に欲しくなったってわけでもないだろうに。

「いや、見事な出汁だったので、ついね。思った通り、優れた料理人のようだ。良い料理人特有の、数多《あまた》の食材と調味料が醸《かも》し出す香気を纏《まと》っておられる。……実に素晴らしい」

「香気ですか」

澪からそんな匂いしたっけか。

残念ながら僕はあんまり感じた事はないな。

ただ、香気とまで言われると気になる。良い匂いなんだろうな。

うーん。

「あら……。失礼な輩なのはともかく、物は分かるようですね。料理の腕を確かめるための行いというのであれば、一度は大目に見て差し上げます」

一瞬で澪が鎮火《ちんか》した。

外の人から料理を褒められるってのは、澪にはまだ機会が少なかったからか。

実際かなりの腕になっているだけに、披露《ひろう》する機会に恵まれさえすれば、こうやって面と向かって評価される事も今後増えていくだろうね。

それにしても、嬉しそうだ。ちょっと油断すると表情が緩みそうになる。

そんな感じの澪である。

「いや、こちらこそ不躾《ぶしつけ》だった。許してもらえて一安心だ。……やや濃いめ、昆布《こんぶ》よりはカツオ節《ぶし》の方がライドウ君の好みか。彼女のような人が、好みを意識して料理を作ってくれる。君は本当に幸せだな」

六夜さんが、時折彼が浮かべる物凄く優しい目で僕を見てそう言った。

実際、面と向かって言われると照れる。その通りの事でもね。

料理もかなりするのか、六夜さんは。食材の香気とか、一般人じゃさっぱり分からん。

「ええ。本当に、いつも感謝してます」

そういえば、六夜さんはアサシンとか名乗っていたな。

昨夜は刃物で物騒《ぶっそう》な挨拶をされた。

なのに、なんというか、この人は和《なご》むんだよな。職業を超えた人柄的なものがあるんだろうか。

「私達の仲間には本職レベルで料理をこなせる者がいなくてね。個性的という意味ではみなオンリーワンな料理を作りはするんだが、基本というものは本当に大事だからねえ……料理トークに何世紀飢《う》えている事か」

「……」

あまり触れない方がいい話題だろうな。

料理の場合、個性は基本の後に来る。

そうでないととんでもない事になる。

識の鍋《なべ》とかが、時にそれだ。

鍋美味《おい》しい、甘いの美味しい、クリーム美味しい。

だからといって、それらを一つにしたらトリニティで最高とはならない。

絶対にならない。あれは断じて最高じゃない。

「と、私の事は今は置いておこう。ともあれだ。残念ながら、二十層でライドウ君に親友を殺された娘、ピオーネというんだが、彼女が君への復讐に燃えている。そして彼女は、我々の確かな仲間であり、あそこには今、私達とこの迷宮のデザイナー、それに伴《ともな》ってマリコサン、さらにピクニックローズガーデンの面々が一堂に会している」

「……なるほど」

六夜さんクラスの冒険者が何人かと、ダンジョンのデザイナー、マリコサン……は、ひとまず置いといて、後は僕らの目的からすると、絶対に殺すわけにはいかない一流の傭兵団、か。

……でも、戦いは避けられない算段が高いと。

あー、色々と難度が高すぎない？

ピオーネさん、なんでそんな重要な所に食い込んでいるんだよ、まったく。

「……ピオーネという娘は、ここがドマを失って色々あった時に、実に尽力してくれた。良い娘だ。つくづく、ライドウ君は数奇な運命の下に生きているのだな」

ドマを失って色々だって？

って事はだよ。

あいつだ……〝竜殺《りゅうごろ》し〟のソフィアだ。

ぐぬぬぬぬぬ、本当に余計な事ばっかりしてくれる。

「ソフィアの奴」

「どこかカルトの気配を感じさせる若い女だったが。面識が？」

僕が思わず呟いた名前に、六夜さんが反応した。

「二度喧嘩《けんか》を売られました。もう……二度とそうなる事はありませんけどね」

「そうか。ドマを喰らったあの力、既にあの時数匹の上位竜の力を取り込んでいるようだったが……ライドウ君が降《くだ》していたか」

「この間の件と同じで、向こうから降りかかってくるんで、仕方なくですけど」

「思えば哀れな女でもある。死を迎えたのなら、せめて冥福《めいふく》は祈ろうか」

「優しいですね、六夜さんは」

ドマを殺されてなのか、喰われてなのか。どっちにしても、ここも凄く大変だったみたいなのに。

それでもソフィアを哀れと言い、その死を悼《いた》もうとするのか。

「待て」

「ん、どうされた？　確か、巴殿か」

突然会話に割り込んできた巴に目を向け、六夜さんが続きを促した。

「ルトの名を当然のように知っておるのは、何故《なにゆえ》か？　是非伺いたい」

「ふむ。別に隠すような事でもない。構わんよ。ルト、彼女とは知己《ちき》の仲だ」

「彼女？」

思わず口を挟んでしまった。

ルトは、今は基本男だ。

〝君が同衾《どうきん》してくれるならいつでも女になってあげる〟とは言われているけど。

ちなみに、生涯そのつもりはない。

ただ……上位竜の感覚で〝しばらく〟の間、ルトは男でいる。

つまり……。

「〝万色《ばんしょく》〟のルトとは随分と古い付き合いがあるようじゃな。すると、始まりの冒険者にまつわる伝承というのは、どこまでが本当の事となるのか。聞かせてもらいとうなった」

「……ショウゲツの坊やから聞いている類の事は、まあ事実だよ。ふふ、どうしてかな。二十層に到達した君達と我々は、おそらく刃を交える。それは恐ろしく君達に不利な戦いで、我々の付き合いなど、さほどに長いものにはなりようがない。そう私も考えてはいるんだが……心のどこかでは、同時にこう確信している。ライドウ君とはこれからも付き合いが続いていく、とね。我が予感ながら、不思議なものだ」

「僕らも負ける気はありませんよ。どんな条件であれ、交渉にまで持っていくつもりです」

「その無謀《むぼう》すら、楽しみにしている自分がいる事に驚くよ。なればこそ、私も応えよう。差し当たって、今の巴殿の問いに」

そして六夜さんは食後のお茶を啜《すす》る。

始まりの冒険者のおとぎ話。

その根本。

彼らが実際に何をしたのか。

目の前の六夜さんは実際何者なのか。

食後のティータイムにしてはえらく豪勢な話題の提供だ。

僕は素直に六夜さんの話に耳を傾ける事にした。

――始まりの冒険者。

それは今存在する冒険者の祖と呼ばれる者達の事である。

大昔には世界中で語られていた彼らは、世界中を旅して回り、あらゆる人の助けとなる存在でもあった。

それこそ、ヒューマンも亜人も、分《わ》け隔《へだ》てなく。

しかし現在、彼らの名はローレル連邦にほんの一部だけ残るのみ。

何故か、と疑問が湧いた。

六夜さんは、隠す事ではないと宣言した通り、淡々と話をしてくれた。

ただ、万人に聞かせる話でもないと前置きした上で、僕らをこの層の隠し部屋らしきスペースに案内した後でだ。

その部屋に入った時、妙な違和感があった。ホクトが眉をひそめたのは、僕と似た感覚があったからかな。

薄い膜《まく》を通過したような……気にするほどでもない僅かなものだったけど。

この部屋、僕らだけで来ても見つけられなかったり、入れなかったりするのかもしれない。

まあ、隠し部屋の事はいい。

今は六夜さんの話の方だ。

僕はまだ半信半疑ではあるけど……彼は、始まりの冒険者の六夜その人らしい。

つまり不死だ。

ずっと起きて活動しているのではなくて、定期的に覚醒《かくせい》して動くというスタイルで、永《なが》い時をずっと生きている。

正直、僕には想像もできない。

この時点で僕は、六夜さんという人も、そして彼の他にも何人か存在する始まりの冒険者の誰一人として、自分が理解できる存在じゃないと感じた。

人でありながら、永遠を生きるとか。

どういう感覚なのか、見当もつかない。

死と不死が並んでいて、自分がどちらかの選択を強要されたとしたら、今の僕なら多分……死を選ぶだろう。

これが長寿とかならそっちなんだけど、不死はなあ……。

自分だけそうなったとしても、周りは絶対に死ぬわけで。ちょっとないよなあ。

「まあ、それで私達も協力する事になってな。宗守《むねもり》の奴は、うまい事ルトに神輿《みこし》にされた挙句、結婚までして、後に五大国の一つに数えられるエリュシオンを立国したわけだ」

ルトの旦那が宗守さんって名前だったのは初耳だ。

確か剣士なんだっけか。

で、国を成してからは色を好む方に一生懸命だったと。

……微妙に智樹と重なるところがありそうな御仁《ごじん》だ。

もっとも、魅了に関する情報は何もなかったし、ルトも旦那にその手の能力はなかったって言っていた。

となると、ただの絶倫で、女好きで、女たらしか。英雄色を好むの典型かよ。

「エリュシオン建国の逸話は結構残っていますし、あれに登場する〝竜の姫〟ってのがルトだっていうのも、本人の話である程度分かっていましたけど……。でもその『林檎《アプフェル》』とかって名前は、どこにも出てきませんでしたよ？」

六夜さん達は当時、自らを林檎と書いてアプフェルって名乗っていたらしい。

全く聞き覚えがない名前だった。

ローレルではアプフェルじゃなく、まんま林檎とか林檎の人と覚えられているみたいだけど、こっちも当然の如く聞き覚えはない。

「ああ。我々の存在は歴史から消されたからね」

「消さ、れた？」

陰謀《いんぼう》めいた、不穏な言葉。

しかも、六夜さんはその被害者のはずなのに、誰を責める様子もなかった。

聞かされた僕は、ぞくっとしたのに。

「宗守がね、ルトに漏らしたんだ。我々の、正確にはうちのマスターの能力について、少しね」

「マスターの……」

六夜さん達始まりの冒険者には〝マスター〟と呼ばれるリーダーがいるらしい。

ただ上下関係というよりは、横の、友人関係の延長のように感じる。

なんだろうな……これ。僕自身、こういう関係に覚えがあるような。

「宗守に限らず我々も、それから勇者も、もちろん君も。こちらに来た時と、しばらくしてからで二つの能力を得ているだろう？」

「はい……え？」

僕は六夜さんの言葉に引っかかりを覚えるが、彼は構わず続ける。二つ？

「たとえば宗守のは『願望剣《デザイア》』と『誓願剣《ダモクレス》』だった。奴の意思に応じて力を増す、鍛冶屋いらずの反則剣と……誓いを立てそれを守る限りにおいて能力の全てを引き上げる、見えざる覚悟の剣。二つ目の方は約束事を破った場合には大怪我をしていたから、メリットばかりじゃなかったようだがね」

「えっと、あの」

「で、私はといえば特殊でね。二つ目は詳しく教えられないが、一つ目は少し変わった、仲間内で共有する能力だった」

「……」

つまりだ。六夜さんは、いや、始まりの冒険者は皆……賢人なのか。

そして当然のように、僕についても見抜いてらっしゃると。

しかし二つ目ってなんだ？　しばらくして貰える？　僕は？

僕の場合、神様から召喚されたわけで。その時に月読様《つくよみさま》からもらった『界《かい》』しかないぞ？

まさか女神からぶっ込まれた会話能力も勘定に入れるのか？

それが二つ目？

……まじか。まじで？　え？

「我々六人は同時にここに来て、そして一つの能力を得ていた事に気付いた。で、その能力の行使ができたのが、マスターというわけだ。だから……うむ、やはり共有というのが正しい認識だろうな」

「共有能力」

六人。

それなら少なくとも寂《さび》しくはないか。寝耳に水で最悪な世界に来たのだとしても。

ただ、六夜さんの共有する能力ってのが、よく分からないけども。

「ああ。それが『血盟設立《ギルドバース》』だ。なんの因果か、我々は当時遊んでいたＭＭＯ、いわゆるオンラインゲームのギルドメンバーでね。能力もそれにちなんだものになっていたと。実にふざけた話だ」

「……あ、ネトゲか」

そういう事か。六夜さんと仲間、それにマスターの関係はまさにそれなんだ。

オンラインゲームにおけるギルド、仲間。

なるほど。

「内容は、君に分かりやすく伝えるなら、オンラインゲームのシステムの再現。まあ、厳密には違ったようだが。つまり私の場合なら、初心者から魔物を狩って盗賊に転職し、それから暗殺者になり、さらに専門職を極め……といった、強くなる仕組みなどだな。他にも見えない共有倉庫とかがあって、副業の隊商稼業に活用していたし、細かな能力もいろいろとあった」

まさにＭＭＯのギルド。

で、それがルトの耳に入って、今のギルドができたわけか。

確かに始まりの冒険者だ。名前に偽《いつわ》りなしだな。

ただ、この時点で彼らが表舞台から消される意味が分からない。

不死になるポイントもないし。

「つまりあれか。ルトの奴は、お主らの能力から冒険者ギルドの着想を得ていたのか？　あやつの旦那からの情報がその能力についてだというなら、そういう事になろうが？」

まとめているようで、まだ何かあるんだろう、と巴の目が言っている。

六夜さんは動じず、静かに頷いた。

彼は続ける。

「ああ。ルトはギルドという仕組みに興味を持ち、再現しようとした。確かに血盟設立《ギルドバース》について宗守から聞き、着想を得たのも間違いない。だが、そのために必要な核になる部分が、ルトには結局作れなかった」

「え？」

おかしい、あいつは結局ギルドを作ってマスターに収まったはず。

現に、今もルトはマスターだ。

「いかに世界の何割かを司《つかさど》る天竜ルトといえども、地球の、それもパソコンのオンラインゲームの仕組みなぞ、流石《さすが》に骨子が掴めなかったのかもしれん。必死で私やマスター、それに他のメンバーと接触しては、情報を集めていたが」

「それは……さぞ鬱陶《うっとう》しかったでしょうね」

心中、察するに余り有る。

「いや？　あれは、中身は竜でも見た目は絶世の美女だ。私を含めて男三人は皆、役得だと思っていたぞ。ルトも思うところあってか、積極的でな、宗守もさほど一人に固執《こしつ》する男ではなかったから、遠慮なく楽しませてもらっていた」

「そ、そっすか」

あれ。もしかして、僕はかなり草食系なのか？

それともあれか。当時のルトは相当魅力的だったとか。

話の雰囲気から、六夜さんのみならず、他に二人いるメンバーもあいつとお楽しみだった様子。

ちょっと今、カルチャー的なショックを受けています。

六夜さんも賢人って事は、時代は分からないけど、僕と同じ日本人だよな。

昭和の人だったとして、男ってのはそこまで見境なくなるものなんだろうか。

バブル、だっけ？

そんな時代なら、据《す》え膳《ぜん》どうぞ、頂きます。になるのか？

本当に？

「……ちなみに、私は昭和の終わりの生まれだ。ライドウ君と感覚が違いすぎるという事はないと思うよ」

「あ、あはは……」

読心術でも習得しているのか、この人。

魔術的なそれならブロックしているし、探られた気配はない。

表情の方も、一応最近は表に出さないようにできているはずなのに。

「自覚がないなら良い機会かもしれないから言ってあげよう。君は奥手だ。草食系にもほどがある。既にこちらに来て数年は経っているだろう？　歳も……二十歳前後か。体を重ねるのは生涯添い遂げると決めた者だけ――など、現実と乖離《かいり》しすぎた妄想《もうそう》に近いぞ？　求められているなら、君も求めればいい。ただそれだけの事で、まずは難しく考える必要はないさ」

巴を見て、澪を見て、シイまで見て。

六夜さんは嘆息すると、僕に向かってビシッと指をさしてそう言った。

シイもＯＫなのか、六夜さん。

確かに彼女は成人しているけど、明らかによう……いや、やめとこう。

暗にまだ誰とも寝てないんだろ、この童貞小僧――と見抜かれたのが、なんとも恥ずかしい。

「いや、だけどその。今更娼館《しょうかん》なんかも行きにくいものがありまして……」

「……本気で言ってるのか、君は。一夜限りの相手をわざわざ探すなど。君の両脇にいつでもどうぞと全力で訴えている女性が二人いるだろう？　もし迷っているなら、彼女達なら二人同時でもおそらく文句は言わんぞ？」

「六夜さん！　いくらなんでも」

『……』

なんて事を言い出すのか。慌てて反論しつつ、二人を見る。

巴と澪が当然の事ながら怒って……ないな？

おおう。

……。

それどころか、澪は六夜さんに向けてこっそりサムズアップしている。顔、ほんのり赤いし。

巴は口こそ開かなかったけど、うむうむ的な頷きをゆっくりとしている。

いや。確かに分かっていないわけじゃないけど。

前は、僕の中では高校で仲が良かった長谷川《はせがわ》や東《あずま》が、確実に巴や澪よりも大きな存在だった。

なら今は、と聞かれたら、同じか、むしろ……。

でもここで一線を越えたら、色々歯止めが効かなくなりそうで。

もしそれで日本に戻るって気持ちそのものまで揺らいで消えてしまったりしたらと思うと、正直

怖い。

娼館でビジネスライクに楽しむなら、そんな事も……。

事実、六夜さんにしろ、宗守って人にしろ、それから始まりの冒険者にしろ、結果全員が帰らず、この世界に留まっているんだし。

いや、結局それすらできてない時点で、全部言い訳か。

「……ふぅ。すまない、私が口にする事ではなかったかもしれないな。話を戻そう」

「……すみません」

「いいさ。で、ルトは散々血盟設立《ギルドバース》や我々の事を研究したが、それが結実する事はなかった。だが、ルトは今後の世界に絶対に冒険者ギルドの存在が必要になると考えていた。アレは表の態度通りに、女神に従うというタマでもなかったしな」

「ルトは、そうでしょうね。女神とは少しスタンスが違うと思います」

ヒューマンを間引こうなどと考える辺りからも、それは分かる。

当時からルトはそのままで、六夜さんも、あいつの考えに気付いてたのか。

「だから……」

「……」

六夜さんが少し目を細めた。

「ルトは既にある血盟設立《ギルドバース》のシステムそのものを核として流用し、それを永続的に世界に存在させようとしたのさ」

「つまり皆さんの能力を、冒険者ギルドを通じて冒険者全員で共有できるようにするって事ですか？」

「ああ。だがそのためには女神の協力、そして何より私達皆が協力しなければならなかった」

「ですよね。女神はともかく、皆さんの協力は絶対だ」

「しかし求められる代償はあまりに大きかった。もう想像はつくだろうが、そのためには血盟設立《ギルドバース》の能力に関わった者全員が永遠を生きなければならない。賢人の能力は、死ねば基本的に消え去るからね」

「!?」

「冒険者ギルドの運営は、ルトが永劫自分で責任を持って行うと宣言した。女神もギルドの権限を全面的に認めて、初期本部をエリュシオンに置く事に関しても口出しせず、自身の信仰の中心地もエリュシオンにするという注文をつけただけだった。残るは我々だけというわけだ」

「それで、受け入れたんですか？」

「結果的には、ね。色々ありはした。元々我々が世界中を旅したのも、日本に帰る手段を探すためだった。手がかりさえ見つからずじまいだったがね。当然、帰郷への執着はあったし、不死などという極上の呪いをこの身に受ける事にも強い抵抗はあった。だがまあ……色々あった。そうとしか言えない。そして、この世界に冒険者ギルドが誕生し、私達五人は一部で始まりの冒険者などと呼ばれるようになった」

「ちょっと待ってください。五人？　六人じゃないんですか？」

「だから、色々あって、だよ、ライドウ君。女神により、血盟設立《ギルドバース》は冒険者ギルドの核になり、私達は不死になった。だがね、ここでまた問題が生まれた」

「問題？」

　ああ、と六夜さんが苦笑する。

「そのままだと、我々の功績が大きくなりすぎるという事だ。しかも始まりの冒険者は不死。自分で言うのもなんだが、当時のカリスマ性は相当でね。その気になれば大国の王にでもなれただろう」

「当然でしょう。不死まで受け入れて、世界に冒険者ギルドをもたらして。大国の王じゃあ足りないくらいの功績じゃないですか」

「だから、ルトには都合が悪かった。宗守が当時最高の英雄であるべきだというのが、彼女の譲れない望みだったからね。ふふ、あの頃、彼女は手を尽くして宗守の子さえ宿した。上位竜とはいえ、子を宿すという初めての経験で、ルトの胸中にわかに生まれた母性が暴走していたのかもしれないな」

「母性とか、関係ないでしょう。あまりに身勝手な望みだ」

　僕の言葉を聞き、六夜さんが静かに笑う。

「ははは、そうだな。ライドウ君の言う通りだ。だが、全ては今起きている事じゃあない。もう千年は昔の、確定した歴史だ。それも、勝者の歴史じゃあないぞ？　消えゆく者の歴史だ。君が憤《いきどお》る必要はないよ。大体、当事者の一人である私は、ルトに怒りを感じていない」

「どうしてですか！　六夜さんがしてくれたのが本当の話なら！　ルトの仕打ちは、僕が女神にされたそれと……！」

「その後の経緯と結末はどうあれ、始まりの冒険者は今やローレルのマイナーなおとぎ話の一つになったが、ルトは約束通り、今に至るまで冒険者ギルドをきちんと維持してくれた」

「……っ」

「ヒューマンが驕《おご》っていく事までは女神の本意でもあるし、流石にルトにも止められなかったが、多様な亜人も、辛うじて魔族も現代まで生き続けてくれている。冒険者ギルドの存在は、確かに当時、彼女が私に熱く語ってくれたその役割を果たし続けていた」

「……」

　だからといって、許されない事だってある。

不死を押し付けられて、存在も消されるなんて。許されていいはずがない。

「だから私も、始まりの冒険者と呼ばれた仲間も、ほとんどが己の境遇を受け入れている」

「ほとんど？」

「困った事にね、一番受け入れてもらわないといけない男がまだ抗《あらが》っている。そして当時、ライドウ君と同じように——いや、それ以上に憤ってくれた優しい一匹の竜もね」

竜。

それ、まさか。

「竜じゃと？　ルトと争うような者が当時おったとは思えん。少なくとも儂は知らんが……」

巴が首を傾げる。

そうか。遭遇していたかは別にして、こいつも蜃《しん》として当時から生きていたのか。

ギルドの事はルトから聞いて知ったようだから、多分寝ていたんだろうけどな。

「無理もない。当時、ルトとフツ以外の上位竜はまだ力もそんなに強くなっていなかった」

「じゃから。儂はフツなどという竜は知らん。どうもこの国ではその竜が広く知られているようじゃが、一体何者じゃ？」

少し苛ついた様子で、巴が六夜さんに答えを求める。

確かにローレル連邦ではドマの名も広まっているけど、それ以上にフツの名前が浸透していた。

そしてドマがダンジョンの上位竜として認識されている一方で、フツはもっと畏敬の念を向けられているように感じた。

精霊だとか女神とかに等しい雰囲気なんだ。

「天の祖竜、天竜ルト。対して地の祖竜、地竜フツ。最も強大な力を持つ上位竜の双璧《そうへき》、しかしながら、冒険者ギルド設立においてルトと反発し……その結果ルトに力を奪われて、消滅させられた……」

「っ!?」

「はずの上位竜だ。ルトに知られたらまずいトップシークレットだから、ライドウ君も内緒って事でよろしくな。その後ルトによって我々以上に徹底して存在を消されて、元々いなかった事にされたんだが……あまりに不憫《ふびん》でね。助けた」

「やはり、知らぬ。地竜といえばグロントの事じゃろ」

まだ納得いかない様子の巴に、六夜さんは語り続ける。

「あの子は正確には砂竜だ。無理もない、ルトの事だ。他の上位竜の休眠や転生の度に、執拗《しつよう》にフツの記憶を削《そ》ぎ続けたんだろうからな。人の歴史から始まりの冒険者を消すよりも簡単だったろう」

「ルト、あやつ……」

「フツも、普段からそうしていたようにルトを立てていれば、ここまで事態は拗《こじ》れなかったが。結局、人だろうと竜だろうと、最後は理《り》よりも情《じょう》が物を言うのかもしれん。ふふ」

千年前の事を思い出したのか、六夜さんが笑う。

これは彼らの敗北なのに。

不死の呪いを受け、存在を歴史から消される。

そう、敗北のはずだ。

なのに、千年という時間が過ぎただけで、笑って振り返る事ができる過去になるんだろうか。

僕は、ここから十層下で彼らと戦う。

きっとそうなる。

不死である以上、六夜さん達に勝つ方法は一つだけ、彼らの意思を折るしかない。

いや、六夜さんの不死の仕組みは、もう巴や澪が探ってくれているだろう。

可能なら、その記憶も。

二人が言葉少なに話を聞いているように見えるのは、そのためだと思う。

そこから何か突破口が開ける可能性も当然残ってはいる。

けれど……こんな風に敗北も受け入れる人の意思。

やらなければならないとして、どうすれば砕けるのか。

折れるのか。

僕には……まだ分からない。

何か重いモノが腹に溜まっていくのを感じていた。

◇◆◇◆◇

「おっと……大分話し込んでしまった。では諸々続きは下でな。もっとも、お互い全力で殺し合ってなおそうなれば、の話だろうが。ははは……ともあれ、楽しみに待っているよ」

六夜さんはそう言って去っていった。

確かに色々話はしてくれた。

でもなんていうか……肝心なところは曖昧《あいまい》にされている。そんな印象を受けた。

もっとも、六夜さんと初対面に等しい僕らに、過去を仔細に教える必要も義理もないんだから、気前よく話してくれた方なのだと思う。

去り際に〝続きは〟と言ったのは、残りはもう少し信用を得られたらという事だろうか。

今はっきりと言える事は一つ。

ルトの印象が大分悪くなった。

……ちなみに、元々そんなに良くはなかった。

「申し訳ありません、若。奴の記憶、以前同様まるで読み取れませんでした」

巴が悔《くや》しそうに報告した。

……そっか。

六夜さんの話は、どこまで本当かは確認できないか。

智樹からはある程度記憶を読めていたようだけど、やっぱり誰にでも上手くはいかないか。

元々耐性みたいなものが高い人もいるし、魔術による対策方法もピンキリで色々ある。

智樹も、リミアの勇者である響先輩《ひびきせんぱい》も、日々強くなっているはず。

となれば、今後日本人には巴の記憶バキュームが空振りに終わる可能性も高いかもね。

ある意味、僕の記憶以外からの日本情報を獲得する方法はそれしかないだけに、残念がるだろうな、巴の奴。

少し気が重いけど、皆体力にはまだ余裕があるから、今日はもう少し奥に進める。

この先は地図がどこまで正確かも分からないわけで、進行にどの程度の時間がかかるかも不透明だ。

僕のメンタルはどうあれ、まだ進むべきだな。

マッピングも並行して進むとなると、速度はこれまで通りとはいかないから。

「いいよ、存在自体が伝説って相手なんだ。記憶なんて読めればラッキーだよ。しかし参るね……不死になった日本人相手に全力で殺し合おうとか言われるなんて。ローレルに来る前は、全く想像もしていなかった状況だよ」

「下手をすれば、若に準ずる実力者を五人相手にせねばならんというのは、確かに想定外。場合によっては、お主達には十九層で待機してもらう事になるやもしれんな」

僕からベレン達へと視線を移し、巴がやや重いため息を漏らした。

「僕に準ずるというか。下手をすればそれ以上かもしれないからね。うん……確かに、ベレン達を一緒に戦わせるのは――」

ベレンが一歩前に出て僕の言葉を遮る。

「覚悟はとうにできております。始まりの冒険者とやらは、確かに我らよりも格上。されど傭兵団やダンジョンの管理人はどれほどの者か、まだ分からないではありませんか。こうして三人もおるのです。何かのお役には必ず立ちます。どうぞ、このまま」

そうだった。

六夜さん達以外にも、傭兵団にダンジョンの管理人――あれ、デザイナーだったか？　それに加えて、マリコサンも大勢いるんだった。

見た限り、マリコサンならこの三人でも十分に戦えると思う。

……ただ、この三人にはそれぞれ亜空での役割もある。

たとえばベレン一人を見ても、彼はエルダードワーフの中でも腕利きの鍛冶職人の一人だ。

彼が手がけた武具を愛用している戦士も多い。仲間内の信頼も厚いし、他種族との付き合いも上手い。その存在は、商会でも欠かせないものになってきている。

シイだって、エリスに憧《あこが》れているという問題点を除けば優秀な森鬼だ。

戦闘スキルに林業スキル、それに一部《バナナ》に関しては、農業スキルも高い。森鬼では数少ないパワー型の戦闘スタイルってのも貴重だ。

ホクトに関しては元から強力なアルケーだけあって、今ではできない事の方が少ない。

彼自身は糸を用いた格闘スキルのさらなる昇華《しょうか》を目指して、ライフワークとして研究しているようだけど、その過程で数多くの副産物を生み出している。アルケーは皆、それぞれこれと決めた分野に没頭しつつ、割り振られた仕事は確実に、そして優秀にこなす。

言うまでもなく貴重な人材だ。

失いたくない。

……そういえば、ふと随分前に識に言われた言葉を思い出す。

リミアの王都で戦った時だった。

戦いに入り込みすぎるようなら、亜空の皆の事を頭の片隅にでも思い出してほしい。

確かそんなだったな。

今回は確かに、あの時とは比べられないくらいのきつい戦いになりそうだ。

僕も大分自分をコントロールできているつもりではあるけど、どうなるか分かったものじゃない。

以前亜空を訪れた大黒天様《だいこくてんさま》にも、無茶な事を言われているし。

情にも理にも偏《かたよ》りすぎるなとか。

実際どうなんだろうな。普通に生きている限りそんなに偏らないから、気にするなって意味だったのか。それとも、油断すると人は気付かないうちにそのどちらかに偏りすぎるから、気をつけろって話なのか。

流石神様だけあって、言う事が難しい。

「落ち着きなさい。適材適所、ただそれだけの話です。巴さんも、何をくだらない事を言うんですか。ホクト達なら連れて行っても邪魔にはならないでしょうし、今の言葉通り、全力を尽くすでしょう。それならきっと、若様が感心されるような成果の一つや二つ、あげますわ。ねえ？」

彼らは死なせない。僕としてはそれが一番なんだけどね、澪。

「最悪、生きた盾にでもなれと言っておるように聞こえるぞ、澪」

巴の指摘に、澪が首を横に振る。

「まさか。やると言ったからには小物なりの精一杯を若様に見せてみなさいと、そう言っているだけですわ」

「正直、集団戦であの六夜ほどの気配断ちをされると考えただけで、儂でも油断できんがな」

「ふふふ。させるものですか」

お、澪。何か思いついていたのか。

「ほう……何か策でもあると？」

「いいえ？」

ないんかい。

「なんじゃ、無策か。根拠のない自信はあれか？　ご自慢の勘かの？」

巴が苦笑しているが、澪は平然と答える。

「私は特に何も思いついていませんけれど。でも若様が同じ戦場で仲間を死なせるなんて、きっと許しません」

……え。まさかの僕？

「……」

何故か自信満々で胸を張る澪。

対して巴は何も答えず、言葉に詰まっているように見えた。

ベレン達は澪の言葉を聞いた直後、背筋《せすじ》をぴんと伸ばして神妙な顔になっている。

って、やるのは僕かよ。

まあ、死なせないってすぐに決めていたわけだし、当たっているけどさ。

お見通しだったってのが、ちょっと恥ずかしくもありますが。

……うん。

澪の言う通りだ。

ベレン達はもちろん、巴も澪も。

僕のために戦ってくれる人を、僕がいる戦場で死なせるなんて……ご免だ。下の戦いが不可避のものでも、それは変わらない。

僕の目標は〝不死の日本人を屈服させる事〟じゃなかった。

もっと違う。

亜空の誰も失わず、ツィーゲに傭兵を連れ帰る。

うん、下での戦いはそれが目標だ。

相手が不死とか、日本人とか。ダンジョンのオーナー、デザイナー、管理人……まあ、どれでもいいけど、そこは大きな問題じゃない。

あんなクソ女神でも、まがりなりにも神を相手にしようって考えているくせに、僕は何を悩んでいたのか。

今回の戦い、勝てばまた一つ王手に近づく。

僕は改めて宣言する。

「ははっ！　そう、そうだね。澪の言う通りか。皆で下に行こう。誰も死なせないから。さ、まずは辿り着かなきゃ話にならない！　マッピング、探索。はっきり言って、僕はどっちも苦手だ。皆が頼りなんで、よろしく！」

不死の呪い、長い経験、それに信頼し合っているだろう仲間。

六夜さんが抱える色々なものに、僕は無意識に圧《お》されていた。

でも、だったら僕はなんだって話だ。

亜空がある。

巴に澪に識……環もいる。

それにだ。六夜さん達が持つ長い経験の中にも、女神に挑んだってのはないだろう。

気《け》圧《お》される事は何もない。

いつも通りでいい。

剣を向けてくるのなら、その全てを叩き落とす。

「やれやれ、妬《や》けますなあ。これはもう、午後からの探索で発散する他ありません。出発といきましょう。お主達も、気合を入れ直……すまでもないようじゃな。ここからは手分けしての行動も増えるじゃろうが、分かっておるな？」

『はっ‼』

巴の問いに、皆の威勢のいい返事が響く。

やる気が体から溢れそうな表情《かお》をしている。

今更気合を入れ直す必要はなさそうだね。

まずは十層から下に行く三つの陣の情報集めと検討からだ。

結局あの人は、この下の層や進み方については何一つ教えてくれなかったしな。

どうか、狭くてジメジメした所はありませんように。

ついさっきの決意とはかなりの温度差がある情けない願いを頭に浮かべつつ、僕らは探索を再開する。

3

結局、夕方少し前まで探索を続けた僕らは、カンナオイの街に戻ってきていた。

今日の成果は十四層の入り口まで。

皆で手分けして各層のフロアを探索し、魔物の強さやフロアの広さ、設置されている罠や地形の情報を収集した後に、ホクトと巴、澪が分析して進路を決める。

そんなやり方で進んでいったから、思ったよりも先に行けなかった。

この分だと、イレギュラーも考えて、Ｘデーは明後日か明々後日に設定しておくのが無難か。

皆のモチベーションはかなり高くて、手分けしての作業でも滞りなく進んだのは重畳。

「にしても、カンナオイも大概眠らない街だね。ツィーゲといい、ロッツガルドといい、さ」

夜遅くまで喧騒《けんそう》が絶えない、灯りが尽きない街というのは、この世界では本当に珍しい。

夜は暗くて不便で危険。

だからこそ、夕食時を過ぎてしばらくもすれば、後は静かで朝を待つだけの静寂と闇が街を包む。

それが普通だ。

ツィーゲは荒野、ロッツガルドは学園、そしてここカンナオイは大迷宮。

特筆するものが何かしらあると、こんな異常な街が出来上がるって事なんだろうか。

もっともロッツガルドの場合、灯りが尽きないのは学園の方なので、どちらかといえばここの活気はツィーゲに似ている。

今は夜の……大体十時か十一時。この世界では深夜という感覚だ。

なのに、まだ店は扉を開けて客を迎えている。

店内からは気分良く騒ぐ客達の声が伝わってくる。

考えてみれば、世界の果ても大迷宮も、年中無休でそこにあるわけだ。

なら街がこうなるのも自然な事なのかもしれない。

ちなみにこんな時間に僕が一人で外を出歩いている理由は……大した事じゃなかったりする。

さっきふと目が覚めてしまった僕は、宿の部屋から何人かが消えているのに気付いた。

でまあ、界で探ったところ、そのうち何人かは大迷宮にいるらしいと分かった。

何事かと思って、ついふらふら行ってみる事にしたわけです。

……別に目を覚ました時に目の前に澪の寝顔があって焦《あせ》ったとか、巴の足が腿《もも》に重なっていてさらに焦ったとか、そういうのは関係ない。

断じてない。

さて、部屋から消えていたのは、ベレン達三人と、アカシさんユヅキさんの護衛コンビ、そして……モーラ。

ただ、アカシさん達については、僕らが宿に着いた時点でまだ探索から戻ってきていなかったから、部屋から消えたのか、単にずっと戻っていないだけなのかは分からない。

だから今、部屋では巴と澪、それにいろはちゃんとショウゲツさん、女中さん達が休んでいる。

明日も朝から探索の予定だっていうのに、ベレン達はこんな真夜中まで何をしているんだか。

とりあえず今日の入場料は払ってあるから、入るのには問題……ん？

そういえば、大迷宮の一日ってどういう区切りになっていたっけ？

零時？　日の出？

参ったな、今手元にお金は……ああ、大丈夫。それなりに持っていた。

仮に払えって言われても、問題ない。

どうせ明日も入るんだし、ただの先払いだ。

では、大迷宮に向かって消えた三人を追うとするか……と、歩き出したところで、偶然見覚えのある二人の姿が目に留まった。

あれは……アカシさんとユヅキさん。

大迷宮に向かう道筋から少し外れた通り。

頭に浮かべたカンナオイの地図から、場所を推測する。

あっちは確か、お金持ちが住むエリア、ブルジョワゾーンに続いていたはず。

彼女達の護衛対象であるいろはちゃんは、この街を含む一帯の領主である刑部家の娘さんらしいから、こういう場所に用があっても不思議ではない。

大迷宮の方を見る。

ベレン達の事は確かに気にかかるが……不安はそれほど感じない。

護衛コンビを見る。

二人は何やら普通ではない雰囲気で、人気《ひとけ》のない方へ連れ立って進んでいく。

……不安だな。

仕方ない。ここはあの二人の動向を掴んでおく事にしよう。

知らない街の初めての道。

しかも深夜。

界がなくて腕に自信もなかったら、絶対後を尾《つ》けようなんて思わなかっただろうな。

どうやらアカシさんが、ユヅキさんをどこかに連れて行こうとしているみたいだ。

僕は二人の様子を観察しつつ、状況を把握していく。

何かを掴んだなら、まずショウゲツさんに報告しそうなものだけど……。

アカシさんとユヅキさんの関係をそこまで深く知らない僕には、まだ分からない事ばかり。

僕のなりと容姿から、尾行途中で何度か強盗らしき輩にも絡まれたけど、丁重にお休みいただく。

少しして、アカシさんとユヅキさんは、何やら怪しげな店の扉をくぐった。

「バー、ねえ……。いかにも他にいかがわしい事をしてますって雰囲気の店だな」

二人が消えた扉の前で呟く。

営業はしているようだけど、扉は開放していない。

看板通りの店とはどうも思えない雰囲気がある。

「ん？」

店の中から漂ってくる香りが鼻に届いた。

いかにも夜の店らしい、濃く強い香気。

でもこれは……それだけじゃない！

ローレルに来てから何度か嗅いだ、帝国のアレ！

「こういう予感ばっかり当たっても嬉しくないよね、ホント！」

不安が杞憂では終わらないと確信できた僕は、意を決して扉を開けた。

……う。

店内には薄い煙が立ち込め、予想通りの嫌な香りが蔓延《まんえん》している。

ちょっとたじろぐ雰囲気だな。

注がれる視線は総じてネガティブだが、とりあえずそれらは無視して、目当ての二人を探す。

いた。

広い店じゃなかったから、すぐに見覚えのある後ろ姿を見つける事ができた。

ただ、急いだ方が良さそうだ。

僕は早歩きで彼女達の所に向かう。

近づくにつれて、二人の様子も分かってくる。

まずい！　アカシさんがユヅキさんに小さな瓶を近づけて開けようとしている！

っ、開けた!!

くそ、間に合わなかったかっ。

……こうなったら、いっそ。

次善の策でいくしかない。

「梓《あずさ》」

僕は小さく呟いて、愛用の弓を呼ぶ。

その瞬間、左の手のひらに確かな感触が生まれ、僕はそれを掴む。

矢は番《つが》えない。

店員や客が騒ぐ間も与えずに弓だけを構え、多めの魔力を付与して弾き、鳴らした。

『……っ!!』

僕を中心にして、立ち込めていた紫煙《しえん》と匂いがどちらも吹き消されていく。

渦巻《うずま》く風が広がりながら店内を抜けていった。

なんとか、上手《じょうず》にやれたみたいだ。

魔族のところでやって以来だから、実はちょっと加減が分からなかったけど、結果良ければばってやつだね。

アカシさんが持っていた小瓶は彼女の手から落ち、割れていた。

木製のテーブルに染みていく液体は、一筋《ひとすじ》、二筋《ふたすじ》と細い煙を上げ、急速に蒸発して消えた。

僕が感じ取れる限り、そこに〝匂い〟は残っていない。

もちろんこの店内にも、それからここにいる客や店員の〝中〟からも、それは消えた。

——ったく、智樹め。

あいつ、とんでもない事を始めている。

僕の警告なんてお構いなしかよ。

店内の匂いと小瓶の中身を思い出す。

銃の件といい、この件といい。

発想がとにかく物騒な奴だ。

気を取り直して、二人に声をかける。

「や、アカシさんにユヅキさん。奇遇ですね」

我ながら奇遇も何もって感じはする。それでもこの場はそう言うしかないと思った。

取《と》り繕《つくろ》う系のスキルは僕のリストにはあまりないわけで、勘弁してください。

「……ライドウの旦那。なんでこんなとこに」

アカシさんはぽかんとして僕を見つめている。

……さっきの構図から見て、まあ無理もない。

ユヅキさんは動揺を抑えようとしているみたいだ。

そこそこ厳しい目で僕を見据《みす》えている。唇をきつく結んでいる辺り、ひょっとしたら何か気付いている事があるのかもしれない。

「ええ、本当に。二言目にも奇遇だなんて仰いませんよね？　しばらくは迷宮にかかりきりだと伺っていますけれど？」

「あー。実際、半分以上は奇遇という言葉で済むんですが……」

「済まない部分もおあり、という事ですね？」

ユヅキさんは厳しい表情のまま。

薬だの魔法薬だのに関しては、僕もそこそこ詳しくなってきた今日この頃。

とはいえ、アカシさんが手にしていたような類の、治療目的じゃない魔法薬に分類されるだろう代物《しろもの》については、僕はまだそれほど精通していない。

大雑把には分かるし、智樹の目的も分かるから、深いところまで説明を求められなければ、大事ない。

そこをどう伝えるかってのが問題だ。

さらに言えば――

店内を見回すと、誰もが狐《きつね》か狸《たぬき》に化《ば》かされたような顔をして状況を確認している。

――ここは、話を続けるには適当じゃないな。

密談の類になるだろうから……今だと……あそこか。

大迷宮で色々と話すのがいいだろう。

色々考えた末、僕はユヅキさんに返事をする。

「ええ。どうやら〝刑部の面倒事〟に、僕も関わらないといけないかもしれません。さ、どうせこんな時間です。ここは一つ、お二人とも迷宮になんてお供してもらえませんか？」

秘密も守れるし、尾行なんかがいても簡単に撒《ま》ける。

ついでにベレン達も捜せるし、一石二鳥だ。

ユヅキさんが僅かに目を見開き、感心したように呟く。

「なるほど、密談にはもってこいの場所ですね」

首を縦に振っているので、肯定と見ていいだろう。

「お、おお？」

アカシさんは寝ぼけたみたいに僕とユヅキさんを交互に見ている。

「では行きますか」

「分かりました。アカシ、行くわよ」

僕が移動を促すと、ユヅキさんがアカシさんを立たせる。

しかしそこで、気になる気配を感じた僕は、一人足を止めた。

「……っ、いえ、お二人は先にエントランスに行っててもらえますか。僕は少し用を済ませてから合流します」

数秒して、ユヅキさんは黙って頷いた。そしてアカシさんを引きずるように店を後にした。

改めて周囲を探ると、複数の気配が高速で店に近づいてきている。地下から。隠し通路か何かだろう。

どうも、街の方も事態が動いていたみたいだな。

ん、なんだ？

てっきり僕ら——ここにいる不審者を捕縛《ほばく》か襲撃するつもりなのかとばかり思っていたけど……。

複数人の気配の中の一人、モーラが他を攻撃して、彼女以外がバタバタ倒れていくのが伝わってくる。仲間割れ？　智樹の魅了絡みでそんな事あるの？

しかし結局モーラは追手らしき気配を全員無力化して、僕の前に一人で現れた。

「少しぶりね、ライドウ」

「だね、事情を聞いても？」

「全部思い出したの」

端的にモーラは言った。それだけで全部伝わる言葉を。

「……そっか」

智樹の駒に戻った、か。

「私はここに竜探しに来た。戦力増強のためね」

僕は即座に先制しようとしたが、モーラは少しばかりちぐはぐな事を話し出したので、戦闘はまだ開始されなかった。

「それにしては、智樹の魅了の使い方が過激すぎない？」

「……〝これ〟は、私じゃない」

懐《ふところ》から濃紫の液体が入った小瓶を取り出したモーラは、それを不機嫌そうにぽいっと僕の方に放り投げた。投げつけるというより、投げ渡す感じだ。

「おっと」

僕は小瓶をキャッチして、汚物のようにつまむ。

「そんな風に受け取られるのは、ちょっと嫌ね」

「こんなもの、麻薬と変わらないからね」

本当に、汚物としか言えない代物だ。

そして他国、それも今は戦争で共闘している友好国にこんなものをばら撒く帝国は、もっと……ね。

「お兄ちゃんの趣味じゃない。多分これ、リリが主導してやらせてる」

リリ……帝国の皇女がこの件に関わっているのか。

「多分？　記憶が戻ったなら、連絡くらいしたんじゃないの？」

「……別に、どうでもいいでしょ」

「家出少女か」

「だる！　うるさい！」

反抗期全開か。智樹との関係はともかく、仲間内が一致団結しているわけじゃないのか。

……智樹ぃ。

「別に私はローレルとかどうでもいいし、竜だけ探して契約できれば、あとはあんたらが勝手にすればいいんだけど」

「……」

「いろはは、別でしょ」

え？

「あの子は、友達だし。友達にお兄ちゃんを紹介するのは、いつか絶対したい。でもそんな香水で教えるのは違う。いろはにも、この幸せを教えてあげたい。でも、これは、違う。ここの国の連中みたいなのは、違うと、思うのよ」

……驚いた。智樹の魅了は確かにモーラの中できちんと復活している。

だけど、モーラはリリ皇女がやろうとしている事には反対で、いろはちゃんを巻き込むのも反対。

智樹の魅了についても、直接知り合ってからならＯＫという、独自の線引きがある？

それとも、いろはとの友情を優先したがっているのか？

いずれにせよモーラは、記憶が戻った上で僕にそれを明かして、まだ帰らずにいる。

智樹のためではなく、いろはちゃんのために。

記憶が戻った事を悟《さと》らせず、完璧にこれまでと同様に振る舞ってみせるのも凄い。

もともと年齢にそぐわない高レベルな子供だ。こういう事も気合でやってのけるのかもしれない。

しかしとにかくその、大したものだ。

僕は感嘆《かんたん》のため息をついた。

「……何よ？」

「いや。ローレルにいる間は協力関係、でいいのかなと思って」

「そうね。いろはの安全が確保できるまでは。あの子の状況、あんたらが思ってる百倍ヤバい。それから――」

「何？」

「竜騎士の秘密も……いえ、そっちはおいおい話すわ。アカシとユヅキに話を聞くんでしょ。行きましょ」

「……分かった。しばらくの間、よろしく」

僕は小銭をカウンターに置いて、モーラの後に続く。

しかしなあ……。

智樹、いや、皇女リリ。まさか、魅了を輸出しはじめるとは。

とんでもない事を考える。

だけど響先輩に知られたら、魔族との戦争の前にヒューマン同士で戦争が起きかねない。

多分、先輩は全力で阻止しようとするだろうし。

それにしても、凄い発想だ。

魅了はあいつの傍《そば》にいなければそもそも効果なんかないし、存在を知っていれば、抵抗のしようもある。

もちろん、完全にシャットアウトできるかどうかは、結局のところ力比べになるけど。

強力ではあるが、ある意味状況が限定される力だとは思っていた。

だけど魅了の魔眼の力を道具に込めて、それをばら撒けば、効果範囲が劇的に広がる。

しかもその道具ってのが香水とかお香。

他にもあるかもしれないけど、多分全部匂いに関する物だろう。

匂い、嗅覚。

人にとって記憶や印象に大きく関わる部分だ。

魅了との相性は相当良いはず。つくづく、よく思いつく。

防ぐ側にとっても、アクセサリーみたいな身に着ける物よりも余程性質《たち》が悪い。

呼吸をしないわけにはいかないし、ずっと風上から匂いが漂ってこないか警戒しているわけにもいかない。そもそも風を操作するだけの魔術なら、結構大勢が使える。

あいつら……本当にどうしようもない方面には頭が回るんだな。

感心すると同時に、僕の中にある確信も生まれた。

ナオイとカンナオイの争い、刑部と戦部《いくさべ》の争いはともかく。

少なくとも、今起きている刑部の内輪争いには、智樹か帝国が関わっている。

モーラの様子を信じるなら、智樹は消極的な協力程度か。それでも、全くの無関係って事はない。

魅了の香水自体、智樹が協力しなければ作製できないものだから。

結局、この街にはそれなりに関わる事になりそうだ。

迷宮と傭兵団だけでも頭が痛いってのにお家騒動もだなんて、どうしたもんか。

流石にその解決策までは見つからない。

僕らはアカシさんとユヅキさんの後を追って、大迷宮に入った。

◇◆◇◆◇

大迷宮の四層。

護衛コンビが来られる一番深い所で、僕らは一息ついていた。

ベレン達の痕跡はない。

この分だとあいつら、もっと下に行っていると見た。

一体何をしているんだろう。

三人とも、特にレベル上げなんてする必要はなさそうだったけど。

あまり情報がなかった十層以降だって、十分立派に仕事をしてくれていた。

それは一旦置いておいて、僕は改めて護衛の二人に問いかける。

「さてと。この辺りなら、誰かに聞き耳を立てられるって事もないでしょ。お二人とも、今夜はいろはちゃんとは別行動みたいですけど、何を探っていたんです？」

ユヅキさんはともかく、アカシさんが気になる。

あの小瓶の出所だ。

まさか中宮を務める彩律《さいりつ》さん絡みって事はないにしても、刑部家のどの辺りまでアレが出回っているのかが、気になるところだ。

「……私は、いろは様のお命を狙う可能性が一番高い方の身辺についての調査をしておりました」

ユヅキさんが静かに話しはじめる。

「いろはちゃんの敵対勢力って事ですか。なるほど……で、その方は誰なんです？」

「敵対勢力といいますか、現時点で刑部家の実権を掌握《しょうあく》されているのはあちらでして。いろは様が特に大きな勢力をお持ちというわけではありません」

そういえば、前に跡継《あとつ》ぎみたいなものとは無縁らしい事は聞いたな。

既に政略結婚も決まっている。

婿《むこ》取《と》りだから多少こっちでも大事な娘さん扱いされているかと思っていたのに、そういうわけでもないらしいね。

そしてユヅキさん、名前は教えてくれないのか？

まあ、それだけの権力者なら調べれば分かりそうとはいえ……二度手間は面倒くさい。

「で、どこのどなたで？」

「言い難い事を察してもらえると嬉しいのですが」

ユヅキさんが言葉を濁す一方、アカシさんはあっけらかんと答える。

「まあまあ、相手がライドウの旦那なら、別にいいんじゃない？　ユヅキが探ってたのはタツキ＝コウゲツって奴だよ。刑部家に長く仕えているカロウって重職の一人でね、外国人に分かるように言えば……大臣みたいなもん？　あ、旦那は賢人だから、ひょっとしたらまんま通じる？」

カロウ。

家老か。

どの程度の意味合いで使われてるかはともかく、想像の通りならかなり権力を持っているのは分かる。

しかし、刑部家の血縁者じゃないのか。

「アカシ！」

ユヅキさんが叱咤《しった》するが、アカシさんは特に気にした風もない。

「なーんか、助けてもらったみたいだしさ。借りは返さないと。今掴んでるような情報を出し惜しみする必要はないって」

アカシさんが良い感じに口が軽くて助かる。

ローレルは家名から個人名って並びで名前を呼ぶから……タツキ家のコウゲツさんが黒幕の可能性高し、か。

「ん？　コウゲツ……？」

つい浮かんだ疑問のまま、僕は今出た名前を呟く。

そんな僕の様子を見ていたユヅキさんが、何事か諦めたように嘆息すると、口を開いた。

「いろは様の世話役であるショウゲツ様の兄君《あにぎみ》です。そして……貴方がたクズノハ商会の動向にも気を配っておいでのご様子でした。お気をつけを」

「僕らにまで？」

「あんな大層な手形で入国していますから、あの方の目にも留まったのでしょう。中宮様の名と影響力は、このカンナオイでも十分に効果がありますし」

「ああ、手形ですか……」

まさかご老公の印籠《いんろう》並みの力があるとは、流石に予想していなかった。

真面目な話、あれを持っていれば、財布なしでもこの国を快適に旅ができるくらいの物らしい。

それで目をつけられたか。

いや。智樹の存在がある以上、そうとも決め付けられない。

慎重にいこう。

「アカシさんは、誰を調べていて、どこであの香水の瓶らしき物を手に入れたんですか？」

「オレ？　いや実は、それがよく思い出せないというか。頭に霞《かすみ》がかかってるというか」

「はあ？　アカシ……貴方、何を言ってるのよ。いろは様の現状を打開するのに確実な繋ぎをつけたって言ってたじゃないの」

アカシさんは覚えていない様子。

つまり、途中からはあの香の虜になって動いていたってわけか。

「え、オレそんな事言ったか？　てか、ユヅキさあ。あんな店で報告し合うなんて、ちょっと趣味悪くないか、お前」

「呆れた。絶対に安全な隠れ家にできる場所も見つけたって。そう言ってあの店に私を連れ込んだの、アカシでしょ」

「ええ!?」

後遺症か、それとも魅了を強引に解除したがための一時的な混乱か。理由はともかく、アカシさんの記憶は曖昧になっている。後者なら申し訳なくもあるけど、ここは順に思い出してもらうしかない。

　ユヅキさんとモーラがいれば可能だろう。

「ユヅキさんは、アカシさんに誘われてあの店に入ったのは覚えていますよね」

　こういうのは機を見て……なんて考えず、さっさと切り出すに限る。

「もちろん。確かに人目にはつかない場所でしたが、あまり客筋《きゃくすじ》が良いとも思えませんでした」

「あの小瓶の事も覚えている？」

「ええ。あれはどこぞで符号に使っている香の一つで、調査の上で模倣《もほう》する必要がある品だという話でした」

「でも、アカシさんは覚えていない、と」

　僕が確認すると、アカシさんは困惑《こんわく》した様子で答える。

「あ、ああ。気付いたらライドウの旦那に声をかけられてた、そんな感じで……確かに、おかしいな」

「別におかしくないわ。貴方、お昼に情報提供者と会った時に、既に魅了の影響下にあったもの」

　これまで黙っていたモーラが初めて発言した。

「え？」

アカシさんが、なんの事だと眉をひそめる。

ユヅキさんは、信じられないものを見るように、モーラとアカシさんを交互に見た。

「ハルカだっけ？　いろはのお母さんの情報云々の時よ。あの時、貴方は魅了の香に落ちて、お兄ちゃんの虜になってたの。正確には、今もなりかけてる、かな」

「うっ、あ」

〝お兄ちゃん〟のワードで、アカシさんが身悶《みもだ》える。何かに抵抗するように。

面倒な……。本当に麻薬みたいな効能だな。

僕はアカシさんの肩にポンと触れて、ディスペルを叩き込む。これでどうだろ？

「はっ、はぁっ」

「流石はライドウってとこか。何度も香りに溺《おぼ》れてたら、こんなに簡単には抜けない。アカシはもう大丈夫でしょ。しばらくはきついかもだけど。何もかも忘れるんじゃなくて、全部覚えてるのがお兄ちゃんのだから」

確かに、智樹の魅了は記憶の改竄《かいざん》まではできない。当人の常識が塗り替えられて行動の判断基準が変わるだけで、記憶は全て残る。

あの香水には本家以上の力は備わってないはず。

あ、そうだった。香水の方は亜空に送って調べてもらおう。

　さて、アカシさんから話を聞くべきか、モーラから聞くべきか。

「で、ハルカさんだっけ？　いろはちゃんのお母さんていうのは？」

　僕が続きを促すと、ユヅキさんが静かに口を開いた。

「……アカシ。貴方は私にハルカ様の居場所を掴んでくると言って別行動したの。そこは覚えてるわね？」

　このユヅキさんって人は、諜報員《ちょうほういん》気質《きしつ》なのか、秘密厳守を基本にしているらしい。

　だけどこの街で今、僕に隠し事をする意味ってそんなにないと思う。

　まったく、信用ってのは難しい。

「……そうだ。オレ、ハルカ様の居所を掴んで。それでキシモ寺院に招かれた」

　招かれた、だって？

　——っと。今は彼女に順に記憶を思い出していってもらうのが先決。黙っていよう。

「なんですって!?　貴方、奥方様に会ったの!?」

「ああ、そう。それで良い匂いのする部屋に通されて。並みの腕じゃない侍従が何人も控《ひか》えてて……」

　……おいおい。

　想像していた最悪のパターンよりも、さらに悪い予感が頭をもたげてきた。

「どこ!?　どこのキシモ寺院なのよ！」

「え、ええっと。刑部の分家が数家、菩提寺にしてるとこだった。ケゴのオヤシロ通りの先にある、そうあそこだ」

「アカシ！　よくやった！　天才よ、貴方!!　いろは様もこれでお喜びになるわ!!　そう、あの香りはそこの符号だったのね!!」

……違う。

まずい。

凄くまずい。

嫌な予感がどんどん膨《ふく》らんでいく。

以前、ツィーゲの大商人レンブラントさんのところで、呪病に冒された奥さんと姉妹を見た時に感じた以来の陰鬱《いんうつ》とした気分が、喉元《のどもと》から漏れそうになるのが分かる。

できる事なら、この場から逃げ出したい気分だ。

「そこで、言われたんだ。ハルカ様に。いろは様に渡したい物があるって、オレに頼めるかって。それで小さな瓶を預かって……だからオレは……ご主人様のために、ユヅキにも教えてあげなきゃって。待てよ、ご主人様って誰だ」

「アカシ？」

……。

どこにどれだけばら撒かれているのかは未知数にしろ、魅了の香の出所は帝国に間違いない。

となると、今〝下の揉め事〟の原因になってる、僕が殺した智樹の人形。あれが治療の途中で逃げ出したというのも、その香が何か噛《か》んでいるかもしれない。

麻薬中毒を治療中の患者に、たとえ僅かでももう一回クスリを与えてしまったら。

どうなるかは火を見るよりも明らかだ。

そしてその香は今、少なくともいろはちゃんの母親を侵している。

アカシさんの話を聞くに、ばら撒く側に回っているのも間違いない。

見た感じ、アカシさんはセーフだと思う。

けど、ハルカって人はまずいな……。

手遅れという言葉が頭をよぎる。

「気持ち悪《わり》ぃ。凄く幸せで気持ちよかった記憶が、吐きそう……」

ひとしきり記憶を思い起こした後、土気色《つちけいろ》の顔したアカシさんが矛盾した事を呟いてふらふら壁に寄りかかった。

で、お決まりの音が聞こえる。

でも、あれだけじゃおさまらないだろうな。

多分、ここから自己嫌悪も加わって、二日酔い、三日酔いも可愛いと思えるくらい、最悪の気分を味わう事になる。

ただ、〝それで済む〟なら幸いだったかもしれない。

「くっ……ライドウ殿、モーラ殿。何か思い当たる事が？」

アカシさんの様子に顔をしかめながら、ユヅキさんが尋ねてくる。

「ええ、いくつか。まずアカシさんが持っていた小瓶と、あの店に充満していたのは、魅了の力が込められた香りでした。煙と香水、手っ取り早く〝魅了の香〟とでも呼びましょうか」

「魅了の香」

「嗅いだ者を、ある一人の男の虜にする強力な魅了の力が込められているようです。ろくな物じゃない」

「まさかそれが、あのアカシが〝ご主人様〟などと戯《たわ》けた事を言った理由!?　……っ！　そうか、コウゲツ！」

「いえ。魅了の香が示す主は、その人じゃありません」

「コウゲツなんてクソオジなわけないでしょ」

僕とモーラが同時にユヅキさんの推測を否定する。

「……え？」

「岩橋智樹。帝国の勇者です。魅了の香は、彼の虜を作る道具ですよ」

「勇者!? で、ではこの一件は、ただのお家騒動などではなかったと、ライドウ殿はそう仰るんですか!?」

「多分。まだ勇者——いえ、帝国の思惑は分かりませんが」

「もう一個、思い出した……」

そう言いながら、アカシさんが最悪の表情のまま会話に戻ってきた。

その寺院に関する情報なら、今はなんでも欲しい。助かるね。

「あそこには、コウゲツ様と何人かの姫様のお姿もあった、と思う。うう……」

少しはさ、状況を好転させる情報ってのもありませんかね。

〝下〟では僕を親友の仇《かたき》と憎む娘さんが待ち構え。

上では智樹の魅了が争いの種になっている。

なんつー時に来ちまったんだよ、カンナオイ。

朝、全員で大迷宮行けるかな。

もういっそ、ライムとか森鬼ーズとかの商会の面々も呼ぶか?

呼んだところで、手遅れがそうじゃなくなるって事はないし、結局はなるようにしかならないけれど、最低限被害の拡大なら防げる。

はぁ、なんて後手の発想だ。

畜生《ちくしょう》！

智樹もソフィアも、余計な事ばっかりしてくれやがって！

特に帝国！

見知らぬ人まで魅了しちゃおうなんて馬鹿げた事、よく考え付いたもんだよ。

あー、頭が痛い！

「もう空が白んでる。はぁ、こりゃ徹夜だ」

大迷宮の入り口から少し外れた場所。

到達した階層と行き来するのに使うポータルがある場所に戻ると、遠くの空が微かに色づきはじめていた。

白む、と言うには少し早いかもしれない。

その後にこぼれた〝徹夜〟って言葉の方がメインだったから、あまり気にせず言ってしまった。

これから宿に戻って、現時点での考えをまとめて、それから気晴らしに弓を引いて……。

うん、間違いなく朝になる。

まあ、何日か寝なくてもどうとでもなるのは確かだ。

若さってやつのおかげだろう。

こういう時ばかりは、若くて良かったと素直に思える。普段は経験不足や能力不足を感じる事が多いから、若さを喜ぶ場面はそれほどないんだよな、僕って。

「じゃ、宿に戻りましょうか」

一緒にポータルを使ったアカシさん、ユヅキさん、モーラに声をかける。

さっきまでは土気色した駄目な顔色をして壁に手をついては顔を下に向けている有様だったアカシさん。今は真っ青な顔をして、ユヅキさんに肩を借りている。

無理もない。

あれから徐々に記憶の混濁《こんだく》が治っていって、自分が誰のために何をしていたのか、それを思い出したんだから。

まだ見ぬご主人様のために、アカシさんは仲間を増やそうとした。

ユヅキさんや、いろはちゃんや、ショウゲツさん達を。

しかも追い討ちをかけるように、それを命じたのは今回の騒動で心強い味方になってくれそうだった、いろはちゃんのお母さんのハルカさん。

色々、たまったもんじゃないよな。

力になってもらおうとして捜していたのに、誘い込まれた挙句に無理矢理寝返らされたわけだから。

「オレ、なんて事を……」

「アカシ、今は戻って休む。それだけ考えてなさい」

自己嫌悪に苛《さいな》まれるアカシさんを、ユヅキさんが宥《なだ》める。

でもアカシさんはまだいい。

記憶を振り返ってみても、魅了されてからまだ大して時間経過がない。

智樹のために誰かを積極的に傷つけたり、殺《あや》めたりはしていない。

だから……多分、まだ戻れる。大丈夫だと思う。

僕が殺した三人は、あいつのために人を大勢殺していた。

三人が三人とも、元々それをなんとも思わないクズなら、それでも……まだ戻れると、僕も思っただろう。

けれど彼女達は違った。

皆、強い信念と理想を持った女性《ひと》達《たち》だった。

だからこそ〝手遅れ〟だったんだ。

魅了を解く意味がそもそもない。解除したところで、奇跡でも起きなければ結局……。

……あれ？　なんで僕はそれを知り得たんだ？

あの一瞬の攻防で……？

うーん、また巴の力が流れ込んだのか？

ちょくちょくあるんだよな。

意図的にコントロールして使えれば、かなり役に立つのに、それは未だにできない。

改めて思い出してみると、記憶というか知識というか、僕には三人の大雑把な生《お》い立《た》ちが把握できていた。

言うなれば、自分の部屋に知らない引き出しがこっそり増えていたような、奇妙な感覚だった。

あの三人組、元々は帝国貴族のご令嬢だったらしい。

帝国の現状、特に周辺国との関係について深い懸念を持っていて、至極真っ当な方法で、正々堂々と中央に意見を通そうと努力していた。

ただ帝国に智樹がいたってのが、彼女達の不幸か。

――あ、これがピオーネって人か。

三人組の記憶の中に、その親友だったという女性の姿があった。

確かにこりゃ恨まれるわ。

親友を僕が殺しちゃったんだもんな。

というか、こんな方法でピオーネって女性の顔を見るとは。

実際会った事もないのに、僕の頭の中には彼女の姿が既にあって、笑ったり泣いたり怒ったりしている。実に不思議だ。

「化け物……か。確かに、どんどん人間離れしてくのは、自分でも実感するな……」

「え？」

ふと、自分に向けられる視線が語る単語について、呟きが漏れた。

ユヅキさんがそれに耳聡《みみざと》く反応したものの、さらっと流す。

別に他人に聞いてもらう話でもないから。

けど、僕の中で何かが引っかかった。名案を閃《ひらめ》きかけている、そんな不思議な感覚が……。

「なんでもありません。行きま……ん？」

今度こそ宿に戻ろうと二人を促した時、知った気配がポータルに生じた。

お、一石二鳥的なやつ。

「ほれ、戻るぞ。暗いうちに寝床《ねどこ》に戻っておかんと、若様にいらぬご心配をかける」

「なんとか間に合ったな」

「しくしくしく。こんなのブラックですよ。ブラックホールですよ、底なしなんですよぉ」

何やらお急ぎの三人組。

うち一名は、非常に不本意なご様子。

「ベレン、ホクト、シイ。こんな時間に何をしてるんだ？」

『げえっ、若様!!』

僕が声をかけると、三人が声を揃えた。

げえって……。何故か、どこぞの天才軍師とか、美しい髯《ひげ》の武将を思い出す反応だな。

「まさか、迷宮で特訓とは言わないよね？」

「あー、いえ。そのですな」

不明瞭なベレンの答え。

「どうご説明すればいいか」

ホクトも同じく言い淀む。

「私に関しては拉致と言わざるを得ない」

シイは明瞭だけど、多分正解じゃない。

「ベレン？」

再度聞く。

別に怒ってはいないし、純粋に何をしていたか聞きたいだけだ。口調も最初から特にきつくしてない。

「あえて言いますと、恥ずかしながら、予習……と申しましょうか」

予習？

ホクトはその言葉に頷いて、シイは不満げにため息をついていた。

続きは彼女に聞いてみるか。

「シイ、何をしてた？」

「よくぞ聞いてくれました、若様！　酷《ひど》いんですよ、この二人。嫌がる私を亀甲的《きっこうてき》に縛《しば》り上《あ》げて、迷宮に拉致したんです」

『っ!?』

「ほうほう、それで？」

亀甲云々とか、拉致とかはとりあえず置いておいて、話させてみる。

ベレンとホクトがシイに注ぐ視線を見るに、何か事情がありそうだし。

「実のところ、私達、今日の探索の最後の方は、結構きつかったんです。主に私とベレン殿が。でも明日から――って、もう今日よ、スイミンジカンガー！」

「続き」

急に取り乱すシイに、短い言葉で軌道修正を促す。

「かといって、ベレン殿の傑作《けっさく》シリーズとか持ち込むと、迷宮を傷つけかねないし、単独行動はこれからもマストになるしって事で」

「うんうん」

「若様達にご一緒させてもらう前に事前に予習しておこうって、ベレン殿が言い出したんです。それで夜抜け出す事に」

なるほど。じゃ一応、亀甲とか拉致についても聞いておくか。

「なるほど、よく分かった。で、拉致とかってのは……」

「私はまだ本気出してないから大丈夫だって事にして、寝ようとしたんです！　多分明日くらいはまだギリでなんとかなりそうだったし。なのにホクトっちが、ナントカ流縛術《ばくじゅつ》とかいうので、私を一瞬でえび反りに縛り上げて、迷宮に連行したんですお！」

〝ですお〟って、お前……。

「シイ、大丈夫だ。気にしていたようだが、お前はまだ十分スリムで軽かったぞ。筋肉に不安を抱く事もない。魅力的だとも」

「うるさい！　誰の入れ知恵か知らないけど、同じ事を何度も繰り返したって、駄目なんだからね⁉」

……ホクトが担いだと。

で、軽かったと、シイをフォローしたのか。

同じセリフで何度か宥めたみたいだけど、シイとしては拉致を怒っているだろうに。

ズレてるな。

ま、この辺りは僕も人の事は言えない。

「若様！　勝手な真似をして申し訳ありませんでした！　ですが、どうか迷宮には我々をお連れください。必ず――」

頭を下げて懇願するベレンを制し、僕は彼らに言葉をかける。

「もちろん、そのつもりだよ、ベレン。何も気持ちは変わっていない」

『！』

「予習の成果も期待させてもらうよ。ただし！　体調に影響が出るほどの無茶は許さない。分かったね」

しかしまあ、三人とも楽勝でついてきていると思ったのは、僕の勘違いか。

ベレンとシイは、実は結構きつく感じはじめていたと。

シイの言葉を信じるなら、彼女は次の探索くらいまでなら特に事前の準備もなく挑めそうだったみたいだけど。ベレンも秘蔵の武具を遠慮なく持ち込めば、まだまだ余裕だろう。

かなりトンデモな武具もあるから、それは僕にも分かる。

ただ今回持ち込んだ範囲の武器を使っての戦いだと、この辺りがきついのか。

迷宮とベレン、どちらを労《いた》わるべきかというなら、天秤《てんびん》にかけるまでもない。

彼については、持ち込む武具の選別をやり直してもらってベレン（バージョン1・1）で活躍してもらうのもいいな。

あまり無理な予習で負傷したりしてほしくない。

皆で歩きながら、宿泊中の『千尋万来飯店《せんじんばんらいはんてん》』に戻る途中で聞いてみたところ、ホクトは戦闘は特に問題ないそうだ。しかしハイペースでの探索と、マッピングの両立が難しくなってきていたとの事だった。

シイも、明日からなら予習が必要かもしれないと思っていた模様。

三人とも、何かしら感じるところがあったみたいだ。

こういうのは、僕が気付いてフォローすべきだったかもしれない。

マッピングは澪に手伝ってもらってもいいし、武器については迷宮に最適化したものを再選定すればいい。

シイについても、森鬼のアクエリアスコンビから、何かアドバイスさせてみてもよかった。

亜空と、それを利用した手厚いバックアップは、僕らの大きな力の一つ。

迷宮の中だと一部制限されてしまうけど、ずっと中にいるわけじゃない。

しっかり活用していかないとな。

『ありがとうございます!!』

「こっちこそ、頑張ってくれて助かってる。ありがと」

商会の従業員としても働いてくれている皆への配慮が足りていなかった事を実感しつつ、僕は皆と宿に戻った。

ちなみに、こんな時間なのに、宿に入った途端、結構な人数の従業員に〝おかえりなさいませ〟とか言われて、衝撃を受けた。

凄いな、千尋万来飯店。

二十四時間全力稼働か。

そんな中、モーラがすっと寄ってきた。

「ライドウ、竜騎士の方は朝話すわ。こっちはいろはとかローレル連邦に関わる事だから」

「あ、それもあった」

くそ、僕まで二十四時間全力稼働なのか。

◇◆◇◆◇

警《け》固《ご》のお社通《やしろどお》り。

そこから奥へ進むと、ローレルではかなりの数存在している精霊信仰の寺院、キシモ寺院の一つがある。

通常のキシモ寺院には存在しない地下エリアを有するここは、今は信仰以外の用途に使われていた。

ここを根城とする者達に限れば、信仰以外ではなく、新たな信仰の場と呼ぶべきかもしれない。

愛し、崇拝すべき新たな存在――帝国の勇者である岩橋智樹の存在と力を教え、広める拠点なのだから。

「アカシが失敗したようです。仔細はまだ分かりませんが、マンジュからの連絡が途絶えました」

紫煙くゆる地下の広間で、事の報告がなされていた。

マンジュとは、先ほど真が踏み込んだ怪しげな酒場の名だ。

報告を聞いていた女は、悲しそうに首を横に振った。

「ようやくいろはにもあの方を教えてあげられると思っていましたのに。やはり日の浅いアカシだけに任せるのではありませんでしたか。それにモーラ様も何かお考えがあるみたいね。あの方は裏切る事はないでしょうが」

「ハルカ様……」

ハルカと呼ばれた女は、静かに続ける。

「できるだけ穏便《おんびん》に、機会を探しなさい。急ぐ必要はないわ。これまで政《まつりごと》の場に出てこなかった、右も左も分からないあの娘《こ》に何ができるものでもありません。それから、アカシも死んでなければ回収しておきなさい。まだ使えるでしょうから」

「はっ」

「本当にもう。民も政も、智樹様に差し上げてお任せすれば、誰もがこんなにも幸せに過ごせるというのに。我が娘ながら困った娘《こ》。ねえ、知らぬというのは本当に哀れ。貴方もそう思うでしょう？　ずっとお傍でお仕えしてこられたモーラ様が羨《うらや》ましい」

「はい。智樹様を知らぬまま過ごす人生など、無価値です」

報告者は、陶然《とうぜん》とした様子でハルカの言葉に答えた。

その目に一切の迷いはなく、言葉に疑いもない。

心底からの発言。

問いかけたハルカも同感だと言わんばかりに微笑んだ。

「隷属《れいぞく》の快感、というやつかね。ハルカ」

この場を訪れたばかりの男が発した言葉に、ハルカが眉をひそめる。

「……無粋《ぶすい》ですね、コウゲツ様は」

「今割り込んでおかんと、また下らん乱痴気騒《らんちきさわ》ぎになろうが」

「智樹様への愛慕《あいぼ》を、否定なさるのかしら？」

これまでのどこかとろんとしたハルカの瞳に、鋭い敵意と殺気が生まれる兆《きざ》しが含まれた。

コウゲツは肩を竦《すく》めて首を横に振る。

「まさか。聞いているだろう。私はその智樹様の協力者だ。つまり君らの味方だな。私はただ、するべき事をしてから、存分に彼への愛に溺れてくれ、と言いたかっただけだよ」

「すべき事ですか。この街も、周辺の都市も。刑部家の実権も。既にほぼ貴方の掌中でしょう？私も、智樹様への愛を示すため、コウゲツ様への協力は惜しんでおりませんが」

「そこだよ、ハルカ。ほぼ、というところが問題だ。まだ完全ではない」

「殿方はそうやって何事もお急ぎになる。これ以上はいろはの父親が亡くならない限り、進めるべきではありません。彩律にも疑われぬように、あくまでも自然に見える死に方をしてもらわないと、後が面倒になりますから」

「……いろはの父親、か」

ハルカの言いように、コウゲツが僅かに目を伏せる。

彼女が夫と呼ばなかった事に、二つの意図を感じたからだ。

一つはいろはの〝本当の父親〟が誰かという点。

もう一つは、確かに愛した男の一人だったというのに、自分との関係を遠く表現するような言い回しをした事だ。

（当時、二人の悲恋は刑部の重鎮《じゅうちん》の間では誰もが知るものだったのだが……勇者の魅了とは恐ろしいものだ。一度落とされてしまえば、いろはの父が当主である事の暴露も、その彼に、確実で露見《ろけん》もしない毒を継続的に投与して死に至らしめる事も、喜んでやってのけるのだから）

コウゲツは帝国との協力関係を、本心から望んではいなかった。

彼自身は勇者の魅了に今のところ抵抗しており、帝国を利用するだけ利用して刑部家の実権を握ってからは、ハルカをはじめ全員を排除するつもりでいる。

魅了という力のもたらす影響に、コウゲツはしっかりと脅威を感じていた。

「ええ、父親。たかだかもう数ヵ月、お待ちくださいな。それから貴方の息がかかった子を当主にするなり、ここにいる姫の誰かを新しい当主に嫁《とつ》がせるなりして、操ればいい。面倒なのはもう始末したか、智樹様の愛を教えてあるのだから、なんの心配もありません」

「クズノハ商会というイレギュラーは、ハルカも知っているだろう。彩律との関係を考えても、刑部になんらかの意図は持っているに違いない」

懸念を示すコウゲツだったが、ハルカはまるで意に介さない。

「それが急ぐ理由ですか？　放っておけばいいのですよ、あのような連中。いろはの知る事情など知れています。従ってあれに協力するクズノハ商会にできる事も知れています」

「では、刑部本家の血筋で、魅了も始末もできていない唯一の娘に、彩律の息がかかった外国の商会が接触したのは、全くの偶然だから気にするなと？」

「はい。偶然であろうが必然であろうが、万が一奇跡なのだとしても。状況はもう随分前に詰んでいます。私達はもう勝っているのですから。ほら、この間の無影の娘達みたいに、無理に関わらせて無駄に死なせる事はありません。本当に、あの娘たちは可哀想《かわいそう》でした」

「……そうか」

無影クラスの駒を使っての暗殺失敗。

しかも彼女達はいろはを狩るどころか、何故か商会の代表であるライドウに向かっていって、返り討ちだ。正確には彼女達の暴走であって、コウゲツのヘマではないとも言えるが、失敗は失敗だ。貴重な駒を無駄に失ったのもまた事実。

ハルカが言葉に忍ばせた棘《とげ》は、コウゲツの追及を中断させるだけの効果を発揮した。

苦々《にがにが》しい表情を浮かべたコウゲツは短く相槌《あいづち》だけすると、踵を返した。

「お帰りですか？」

「ああ。また来る」

「……私との接触は慎重にお願いしますね、コウゲツ様。私は一応、行方不明の身なのですから」

そう言って、ハルカはにっこりと笑う。

コウゲツはそれに応じる事なく、足音だけを響かせてその場を後にした。

（あの女傑《じょけつ》をよくもああまで壊せたものだ。人をこうも狂わせる力を躊躇《ためら》いもなく使う勇者か。利用だけとて、してよかったものか……。いや、迷うな。全て刑部家のため、私自身の正義のため。どの道もう、戻れるものでもない……）

智樹の力で変質したハルカの——よく知る彼女本来の姿を思い出して、コウゲツはその信念が揺らぎかけるのを感じた。

だが即座にその迷いと揺らぎを切り捨てる。

クズノハ商会への対処を考えながら、コウゲツは暗い朝の帰路についた。

その背を見つめながら、ハルカは目を細める。

「コウゲツ。貴方が智樹様の協力者？　笑い話です。貴方は帝国と手を結んだにすぎない。帝国の協力者と智樹様の協力者では、全く意味合いが違うというのに。わかっていないのか、目を逸らしているのか。残念です」

心から悲しそうで、おかしそうなハルカの呟きは、紫煙の中に溶けて消えた。

◇◆◇◆◇

ナオイ郊外にある華原《かはら》家の別邸の一つ。

実質は現中宮彩律の別荘となっている屋敷に、今夜久しぶりに明かりが灯っていた。

周辺には表裏ともに厳重な警備が敷かれている。

空に飛竜、敷地には地竜、少し離れた所を流れる大河には水竜と、それぞれに竜騎士が配置されている。また屋敷内の至る所に忍びが控え、魔術師も多い。

まさに侵入は絶対に許さない構えである。

さらに言えば、これは彩律からのメッセージでもある。

今日ここで交わされている会合の内容を知った者——いや、知ろうとした者は絶対に殺す、という物騒なものだ。

「さて、今夜はお集まりいただき、感謝します」

この場にいたのは、竜騎士三隊を束ねる隊長三人と、彩律のみ。

これだけの重鎮が集まるのは年に数度、決まった行事の時のみ。だが今夜は通年行事ではない。

場には緊張感が漂っていた。

「リョウマ隊長、クズノハ商会の歓待ご苦労様でした。この彩律、中宮としても彼らの友人としても、心から感謝申し上げます」

「いえ、彩律様。かの商会への歓待は半《なか》ば自主的に行ったようなもの。どうかお気になさらず。彼らの重要性は、私も隊の連中も理解しているつもりです」

「カンナオイに発《た》ったライドウ殿達に連絡役もつけてくださって」

「人の懐に入るのが妙に上手いやつがいましたので。何もせぬよりはと」

リョウマがチュウゴの顔を思い浮かべて彩律に応じた。

無事にミズハから戻ったら特別ボーナスを出すべきだろう……いや、そろそろ嫁でも探してやるべきか、などとリョウマが思いはじめた時、隣の女性が口を開いた。

「よりによって、目的地がカンナオイというのが困りものね。竜との相性が非常に悪い土地ですもの。私も巴様にご挨拶したいのに。お元気でしたか？」

飛竜隊の隊長、レンファだ。

「ええ、とても。ミズハの街を堪能していただけたと思います。温泉も気に入っておられました」

レンファはリョウマに質問を重ねる。

「ねえリョウマ、巴様はどうでした？　私以外の竜騎士の目にどう映ったのか、気になります」

「……君が報告していた通りだった。あれは人の身をした最高位の竜だな」

「！　でしょう!?　あの方は絶対に上位竜の一角だわ。私の見立てだと、リュカ様なのよね」

「どうだろうな、伝え聞くリミアの上位竜殿とは少しイメージが違ったが。いずれにせよ、無礼を働いてよい方ではないね」

「当然よ」

現在飛竜隊の隊長を務めているレンファは、ロッツガルドで巴と面識がある。

出会った瞬間に一目で、ただ者ではないと察し、竜と濃い関係があるか、上位竜そのものという可能性さえ、彼女の頭に浮かんだ。学園都市で巴と数日言葉を交わした彼女は、すっかり巴に心酔《しんすい》していた。

彩律がリョウマへの質問を続ける。

「ライドウ殿と澪殿はどうでした？」

「お二方も巴殿同様楽しまれていました。カンナオイの姫と合流したのは意外でしたが」

「……そこはライドウ殿の〝引き〟というものかもしれません。変わった星の下におられる方ですから」

「ライドウ、殿ですか。私は遠目で見ただけですが……巴様を部下にしているというのは、どうにも信じられない気持ちが未だにありますね。彩律様から諭《さと》されたのですが、どうしても」

レンファが巴への好感度が高すぎてライドウを好意的に見られないという、〝あるある〟な感想を述べた。

巴や澪に心酔する者、尊敬する者の中には、一定の割合でライドウを軽視する人物がいるのだ。

実際に会った事で解消する場合もあるが、クズノハ商会近辺では本当にあるあるな感想だった。

そこで、沈黙を保っていた水竜隊の隊長カダが、話の流れをぶった切った。

「前置きが、長い。クズノハ商会については通達通りに対応する。今日改めて話し合う事ではあるまい。早く本題に入ろう」

「申し訳ありません、カダ隊長。後ほど彼らにも関わる話になりそうでしたので、雑談がてら話を振ったのですが、確かに今夜の本題ではありませんでした」

「いえ、彩律様。私こそ失礼を。しかし本来の議題が我らの根本に関わるものなので、つい」

カダの指摘に、リョウマとレンファも反省の色を見せる。

「いや、カダの言う通りだ。クズノハ商会の面々の人物評は後でも構わん事だった」

「そうね、巴様がうちに来ていると思うと、テンションが上がっちゃったわ、ごめんねカダ」

「いい。それで、報告にあった『竜園』の異常について、仔細を伺いたい」

水竜隊の隊長カダは線の細い男で、言葉数は少ない。だが優れた人格者であり、確かな実力者でもある。竜騎士の隊長歴もこの中で一番長い、誰もが一目置く存在だ。

「では。知っての通り『竜園』は竜との契約に不可欠な場であり、竜騎士のみならずローレル連邦にとっての聖地の一つです。その入口である門が……おそらく消えかけています」

『！？！？』

彩律の発言に対する隊長達の反応は、もっともなものだった。

「消えかけている、ですって⁉」

「待て、レンファ。おそらくとはどういう意味でしょう、彩律様？」

「うむ。一体、何が起きた？」

「かねてより門が開く間隔が年々長くなっていき、契約の機会が減少している問題はございました。しかし今回、運良くその瞬間に居合わせた竜騎士の報告によりますと、門にノイズが走ったというのです」

『ノイズ？』

「はい。その現象の後、門が……薄くなりました」

『……』

薄く、と言われてもイメージが湧かず、三人は黙り込む。

まさか向こうが透けて見えるようになったなどという事もあるまい。色でも薄くなったのだろうかと首を傾げる。

「……言葉通りです。門の存在感が希薄になり、向こうが透けて見える事もあります」

現実に存在する門である。幻のように消えるわけがない。だが彩律は変わらず、真顔だった。その声音からは、深刻さも感じられる。

「門が薄く。もし消えた場合、まさか」

「『竜園』が失われる可能性、か。考えたこともなかったわね」

「間隔が延びるだけならまだ良かったというのか。竜騎士の存在は我が国において極めて重要、なんとしても手を打たなければ」

カダ、レンファ、リョウマ達にも事の深刻さが理解できたようで、議論が始まる。

だが情報量がそこまで多くない今、確たる対処など浮かぶはずもなかった。

「『竜園』の消失だけは、絶対に避けなくてはなりません」

その彩律の言葉に、隊長達も力強く頷く。

ここまでは全員の同意が取れる。

「あそこは私達の竜の故郷よ。絶対に守らなくちゃ」

「竜と竜騎士との信頼関係にも関わる。解決せにゃならんな」

「竜騎士の歴史を、ここで絶つ事など、できない」

「そう、歴史です。私はそこに解決の糸口を求めました」

三人に頷き、彩律が続ける。

「『竜園』はそもそもいつ成立し、竜騎士はいつ誕生したのか。もしも。『竜園』が永遠のものではないのなら、我々は知っておくべきです。『竜園』の作り方、あるいはこちらから『竜園』にアクセスする方法を」

「竜騎士の成り立ち。フツ様の伝承の事？」

レンファは竜騎士の歴史の発端《ほったん》を記憶から探り、フツにまつわる伝承に思い至った。

しかし彩律は三人に資料を渡しながら、首を横に振った。

三人は素早く資料に目を通し、唸る。

「ローレル連邦の誕生期、か」

「連邦の黎明《れいめい》、初代の巫女……」

カダとリョウマが難しい顔をする。

ローレルの歴史の中でも曖昧な時期だ。

始まりの冒険者の協力でローレルが連邦という形で統一され、ヒューマンと亜人が手を取り合ったらしい時代。

かつて運用されていた『竜《りゅう》魔《ま》鉄道《てつどう》』でさえろくに史料が残っていないのに、歴史書がなく怪しい手記が多数残っている程度の、暗黒時代に近い頃だ。

宗教史ならともかく、ローレル連邦として何がどうなったか、実に怪しい時代である。

「『竜園』関連で今までに見つかった有力な情報は、多くありません。しかし――」

『……』

「縋《すが》る価値があるものが見つかりました。状況が動いた、と言うべきかもしれませんが。故に、お三方に集まっていただいたのです」

彩律が語った内容に三人の表情が変わり、皆が次の言葉を待っていた。

「冥竜騎士《めいりゅうきし》、竜母《りゅうぼ》、竜王姫。伝承の一つに、これら三つのジョブを持つ者と巫女が、『竜園』を生み出したとありました」

その信憑性《しんぴょうせい》まではすぐに立証できるものではなく、これだけでは数ある弱い仮説の一つにすぎないが——と前置きをして、彩律はリョウマを見る。

「？」

「リョウマ隊長の部下、コンドウ＝チュウゴ殿からの情報に、光明《こうみょう》はありました」

「ん、チュウゴの……？　あ！」

リョウマは、チュウゴの報告と、彩律の話した内容に共通項を発見した。何故まだその報告をあげていないのに彩律がそれを知っているのかは、スルーした。

「彼からの報告には確かに、竜王姫というジョブについて触れられていました」

『!!』

レンファとカダが衝撃を受ける。

「ああ、確かに。騎竜を奪われかけたと、冗談みたいな報告があった。そしてそこに竜王姫とあった。確か、所持者はモーラという子供だ。子供だがチュウゴよりもかなり強く、実戦経験も豊富だとの事だが……」

そこは眉唾《まゆつば》だとリョウマは考えていた。チュウゴはあと数年もすれば竜騎士で一番の戦闘能力を持つトップ騎士に至るだろう逸材だ。

性格は別として、戦闘でチュウゴが不覚を取るような相手はそうはいない。今でさえ、ノっている時のチュウゴは、リョウマと互角なのだ。

「精査しましたが、彼の報告は非常に信用できるものでした。子供だからとモーラを侮っていないのも素晴らしい」

「……彩律様。コンドウ＝チュウゴは、次期地竜隊の隊長になるであろう有望な男。子供に負けるなど」

カダが疑問を呈《てい》するが、彩律は首を横に振って応じる。

「竜王姫モーラは、帝国の勇者のパーティメンバーです。いかに彼でも及ばないでしょう」

場に戦慄《せんりつ》が走る。

問題が一気にややこしくなったからだ。ローレル連邦の重要な機密に帝国の中枢《ちゅうすう》にいる人物が関わってくるというのは、大事《おおごと》だ。

隊長達にもそれが分かった。

「帝国の、しかも、勇者の」

「これは、また」

「……」

「そもそも、どうして帝国の重要人物であるモーラが、今この国にいるのかが不明です」

　この追加発言は、問題解決になんの役にも立たないと三人は思ったが、それを言った彩律は……意外にも笑顔だった。彼女は続ける。

「……これはチャンスです」

「チャンス、とは？」

　リョウマが問い返す。今の言葉のどこに、チャンスらしいものがあったか、と。

「正式に入国した形跡がないのだから、これは密入国という事になります」

『！』

「つまり、交渉次第では、帝国を介さずモーラ個人と話ができる可能性があるという事」

「ものは言いようだけれど……」

　レンファは苦笑する。

　帝国の勇者のカリスマは広く知られている。

　優れた人格者であり、魔族との戦争でも常に先頭に立って戦う英雄。

　彼を裏切るような真似をさせるのは、非常に難度が高いだろうと。

「諦めたらそこで試合終了——とは、初代巫女様の数少ない格言の一つです」

「……」

「彩律様、竜王姫が実在するのは、分かりました。しかし巫女様以外の、他の二つは」

カダが別の問題を指摘した。

「ええ。他の伝承も並行して調べさせていますが、とりあえずこちらを最優先という事で、竜母について全力で調査しています」

次いで、リョウマが当然の疑問を口にする。

「――もう一つの冥竜騎士については？」

「冥竜騎士については、既に所在が分かっています。そして協力も取り付けています」

「なるほど、だから竜王姫との交渉と竜母の発見を急ぐために、席を設けたんですね。流石は彩律様！」

「確かに調べる価値がありそうですね！」

「了解。そしてクズノハ商会に話が繋がる、納得だ」

リョウマに続き、レンファとカダも頷いた。

「ライドウ殿が我が国に来られた事で事態が一気に動くのが恐ろしいところですが、この際、彼らにもきちんと協力を要請すべきと私は考えます。今ここにモーラがいて、彼女が竜王姫である事、冥竜騎士がローレルにいる事。これらを考えれば、残る竜母もきっと、クズノハ商会の周辺に現れると思えるのです。合理性には欠けますが、言うなれば私の勘。私如き女の勘に皆様を巻き込むのを、お許しください」

　彩律は深々と頭を下げた。

「頭をお上げください、彩律様。貴方は極端な巫女重視派ではありますけど、国防においては我々を重用《ちょうよう》してくださる。飛竜隊としては、今の彩律様の治世に文句はありません。全力で協力しますわ」

「右に同じ。巫女様重視は私も同意見ですし、『竜園』の危機を我が事のように憂《うれ》えていただいているのも、素直に感謝しております。地竜隊にできる事はなんでもいたしましょう」

「我が忠誠は元より貴方に。チヤ様がお戻りになった時には、なんの憂いもないローレルをお見せしたい」

　彩律に応えるレンファ、リョウマ、カダ。

　四人は同志として力強く頷き合う。

　こうして、ライドウこと深澄真が憂鬱に考えている迷宮とお家騒動に加えてもう一つ、クズノハ商会を巻き込もうとする厄介事が蠢きはじめる。

　しかし真本人は、まだその兆しさえ知らないのだった……。

4

深夜のゴタゴタから一夜明けて、僕は数時間前には想像すらしていない場所に来ていた。

「申し訳ありません、若様！　ローレルで迷宮攻略をされている最中なのは承知していたのですが」

僕に頭を下げているのは、従者の識。

「いいよいいよ、僕だって、識に余計な分析お願いしちゃったし」

それも智樹の力がこもった香水なんて厄《やく》モノだ。

実は明日は学園での講義日である。

夕方には識と打ち合わせをするために一旦ロッツガルドに行くつもりでいたから、今日識に会う事自体は予定通り。

それが朝からになるとは思っていなかっただけで。

識からの突然の連絡で、僕は今、彼に求められるまま、しばらく寄ってなかったケリュネオンに来ていた。

相変わらず、部屋の外は真っ白である。

……かなり問題が山積してきたから〝ケリュネオンもかい！〟と、頭を抱えたのは内緒だ。

「それで、ジンは？」

「目は覚めましたが、まだ極度の興奮状態です。ここまでジンが暴走するとは、予測できていませんでした。私の落ち度です……」

「……命はあるんだ。そこまで識が気にしなくてもいいよ。なんとかやれるって程度には目算があって、研修させたんだろうし」

そう。識は将来うちに就職したいと熱望しているジンに、研修代わりにと仕事をさせてみる事にしたそうだ。

もちろん単独行動ではないし、商会のスタッフも一緒。研修自体も今僕が言ったように、そこまでの危険がある内容じゃない。

ジンやアベリア、その他のロッツガルドの生徒についても、識にある程度裁量を与えて任せているが、聞いた限り今回も特に識に問題はない。

本来なら、僕が呼ばれるような状況にはならずに終わっていたはずだった。

――申し訳ありません。ジンが重度の負傷を負いました。至急ケリュネオンまでお越しください。

てな感じに寝耳に水の報告を受けて……で、今僕がケリュネオンに到着したところだ。

識の話だと、ジンの治癒《ちゆ》は無事に済んで、特に後遺症も残らない最良の結果を得られた。

ただし、講義ではなく実戦の場で死にかけた事により、ジンは興奮状態だと。

……まあ、ね。

講義でいくら死を意識したって、それで本当に死ぬ事はないって――最初の頃ならともかく――最近はあいつらもどこかで理解している。

直前まで追い詰めても、流石に本当に殺しはしないんだから。

でも実戦は別だ。

奪うために、守るために、食うために、敵と対峙《たいじ》してこれを殺す。

当然、どちらかが生き残り、どちらかが死ぬ。

つまりジンは今日、久しぶりに本当に死ぬかもしれないという恐怖を味わって、精神が昂《たか》ぶっているわけだ。

実力的にはもう十分冒険者でも通用するだろうけど、これでやっと本当の意味での戦士としてのスタートラインに立った、ってところかな。

亜竜と戦った時の事を思い出して、余計に悔しくて興奮してるのかもしれない。

あれも実戦ではあったけど、生徒達はパーティで、しかも戦う前から対策して、恐怖を上回る雪《せつ》辱《じょく》への執念《しゅうねん》があった。

さて……じゃあジンは今回、どうして死にかけたのかねえ。

「……実は、ジンにはケリュネオン方面での活動を期待しています。それで今回雪国での戦闘とその心構え、遭遇する敵性体の強さを実地で学習させはじめようと連れて参りました」

「うん。ただ、識でも予測してなかった因子が何かあった。そういうわけだよね？」

「……はい」

識の口調は重い。

生徒にトラウマを植え付けてしまった、とでも思っているんだろうか。

実は僕は、識がこんなに責任を感じる必要はないと思っている。ジンの負傷について責めるつもりも、全くない。

むしろこの後ジンと面会したら、あくまでも軽くだけど罵倒《ばとう》してやる気でいる。

識に心配を掛けるな、雑魚かお前は、お前の五体は飾り物かと。

なんのためにかは知らないけど、自ら力を求めてうちに——クズノハ商会に就職したいと志願したんだから、ジンも危険は承知の上のはずだ。

彼自身、ここまで講義を受けて、僕らを見てきて、陽だまりで茶を啜っているだけで力や金が手に入るわけじゃないのは、知っていなければおかしい。そうでなければ既に落第だ。

その上で、識から研修を勧められて、自らの意思でこれを受け、見事に失敗した。

ああ、見事に失望させてくれた。

少なくとも、商会の代表としての僕なら、そう考えなければならない。

ただの受講生ならともかく、ことジンやアベリアに関しては、僕もその目線で接していくようにしている。

亜空の皆も外に出て商会の一員として働く事を誇りに思ってくれているのだから、なおさら生徒達を特別扱いできない。

「識。今回の件は、ジンがお前の期待を裏切って失望させた。ただそれだけの事だよ」

「しかし私は！　あの子達の教師でもあります」

反論する識を、僕は冷静に諭す。

「同時に、今のところだけど――あの二人の希望が通れば上司でもある。でしょ？」

「それは……はい、その通りですが」

「なら。仕事の方に関しては亜空の皆に求めるのと同じようにいこう。生徒だからなんて贔屓なしで、ね。ちょっと入れ込みすぎかも」

「私は、入れ込みすぎているでしょうか。確かに、手を掛けてきた分、未熟な分、甘く接しているのは認めます」

「僕にはそう見えるよ。手を掛けた生徒だろうと、クズノハ商会で働きたいなら、きちんとこっちが求める力を示してもらわないと困るんだし」

「……そう、ですね。ええ、仰る通りです。彼らにだけ甘くしていたら、狭き門を突破して亜空を出て、商会で励んでいる者らに示しがつかない。確かにその通りです」

「僕が識にお説教なんて、できたものじゃないんだけどね」

「いえ、とんでもない。いけませんね、私はどうにもあの子らに対しては上司としてではなく、教師として接してしまう。商会にまで関わる者ならば、きちんとしませんと」

「そうそう、その調子。さてと、そろそろジンも落ち着いただろうし、〝おい雑魚〟とでも言いにいこうかね。で、識。一体どうしてジンは暴走したの？」

識の予想を覆した謎の要素については、僕も気になる。

と、僕が尋ねた瞬間——

「それ、多分私のせいですー！」

「うわ!?」

識と話していた部屋のドアの向こうから、ノック代わりに突然の答えが！

なんぞ!?

いや、この声……どこかで聞き覚えがあるぞ!?

「入ってもよろしいですかー！」

元気な声が室内に響いてくる。

当然ながら、僕は識を見る。

「おそらく、間違いはありません。彼女の影響でジンは魔物を深追いし、重傷を負いました」

「へえ……」

なるほど、なら冒険者か。

記憶にある声であると同時に、どこか違和感を覚える。

何かがちぐはぐなような、妙な感じ。

誰だ？

まあ、とりあえず敵意はないようだし、入ってもらうか。

「どうぞ、お入りください」

「失礼します!!」

元気だ。とにかく元気な人のようだ。

入ってきたのは、声からも分かっていたけど女性。

十代半ばからこうは……ん？

ジン達と、同じくらい……だけど。

はぁ!?

はぁぁぁぁぁ!?

「はじめまして！　お目にかかれて光栄です、ライドウ様！　〝父〟ファルスの命で、現在冒険者ギルドからのケリュネオン支援の責任者を務めております〝ソフィア〟と申します!!」

青い髪をショートにし、なんの変哲もない両目を曝《さら》け出《だ》し、入室前からの元気な印象そのままに。

ルトがとどめを刺して始末したはずの〝竜殺し〟が……何故か、若返って僕の目の前にいた。

……父？

父だとお!?

衝撃の事実を次々開陳《かいちん》しながら、ソフィア（?）がマシンガントークを炸裂させる。

「というわけです。私のせいで、そちらの見習いさんにお怪我をさせてしまったみたいで、すみませんでした」

「……」

若ソフィアは一連の事情を説明してくれて、深々と頭を下げた。

僕に対して、一切のしこりやわだかまりを見せずに。

いや、これはそんなレベルじゃない。

これはそう……明らかに僕を知らない。

本当に知らない感じだ。

何故か僕に興味津々《きょうみしんしん》で、そこは不気味だけど、演技をしている様子は微塵《みじん》もない。

ソフィア。

あいつの過去に何があったのか、全部は知らない。

ただ……もしも。

もしも彼女が上位竜を食らって、ルトをどうこうしようなんて目標を抱かなければ。そして何一つ暗く歪《ゆが》む要素なく育ったのならば。

こんな女性になっていったのかもしれない。

もちろんＩＦの話だ。生い立ちとか、そもそも全く知らないしね。

でも目の前の若ソフィアは、残留思念とかアンデッドとしてじゃなく、確かに存在している。

しかも、あのルトを父と呼んで。

……いや、ルトじゃなかったな。

ファルス。彼女はそう呼んでいた。

ルトは冒険者ギルドの長として振る舞う際は、ファルスと名乗っているのだ。

「ライドウ様？」

僕の反応を見て首を傾げる若ソフィアに、僕はなんとか取り繕って返事をする。

「あ、いえ。お話は分かりました。謝罪されるような事ではありません。うちのジンが未熟だっただけの事です」

「未熟だなんて！　確かにちょっと変わった子ではありましたが、実力は相当なものでした。あ！　もしかしてクズノハ商会では、あれでも未熟の域を出ないという事でしょうか⁉」

若ソフィアはキラキラした目で僕と話す。

ちょっと変わった子だ。

ジンは別に変な奴じゃない。

けれど若ソフィアの話を聞いた限り、確かにジンの反応は変だった。

識にも確認したけど、話に間違いはないようだしなあ。

――ミランダ姉《ねえ》。

どうやらジンはそう叫《さけ》んで、ケリュネオンで研修中に偶然出会った若ソフィアに駆け寄ったらしい。知人に似ていたというレベルではなく、完全に若ソフィアをミランダという人物だと確信していたとか。

ううん？

寒さでご乱心、って感じでもない。

大体、今のソフィアは明らかにおかしいわけで。

前より若いし、僕の事を覚えていないし、クズノハ商会への印象は抜群に良いし。

その彼女と誰かが、そこまで似ていた？

駄目だ、意味が分からん。

「少なくとも実力にそぐわない場所まで魔物を追った結果負傷するようでは、一人前とは扱えません。クズノハ商会でジンが強いか弱いかと問われれば、弱い。まだまだ見習いですね」

僕の言葉を聞き、ソフィアは感心した様子で目を輝かせる
「うわあ……！　流石世界最高クラスの戦力、クズノハ商会！　父が言っていた通りの方々です!!」

やっぱりここでもルトか。

——ったく。このソフィアについて、全部まるっとあいつの企《たくら》みだろうな。

わざわざケリュネオンにこの娘を置いたのも、いずれここで僕が彼女を見つけて仰《の》け反《ぞ》るのを楽しみにしていたって事だ。

ついでに、その後僕が事情を聞きに飛んでいくってところまでね。

……実際そうするわけだけどさ。

腹立たしい。

大体、世界最高クラスの戦力ってなんだよ。商会に対する評価じゃないだろうよ。

「戦力、ですか。まったく、ファルス殿もお人が悪い」

「いいえ！　父は常々申しております。クズノハ商会と協力できるのは、冒険者ギルドにとってとても大きな利益だと。ライドウ様は自分にとってかけがえのない大切な人だと」

「……」

「だ、だから〝一番信じられる〟私をケリュネオンに行かせるんだと。こうして、いつかこの地で貴方にお会いできる日を、私も楽しみにしておりました。本当に」

……ソフィア。

幸せそうだ。ああ、それは間違いなく。

彼女の言葉には迷いもない。

もう一度、やり直す。

その機会を与える。

確かに素晴らしい。

でも。

……でも。

無邪気に、無垢《むく》に僕に話を振り、感動の出会いを楽しむ彼女を見て、僕は何故か辛くなった。吐き気が込み上げてきた。

理由はまだよく分からなかったけれど、人生を楽しんでいるのだろう若ソフィアの姿が……とんでもなく哀れに見えた。

どうやってか、ルトは彼女に憎しみに満ちたそれとは反対の幸せな人生を与えた。

そのはずなのに。

横に立つ識の表情から、感情は読めない。商会の幹部として、柔らかな表情を浮かべたまま、時折若ソフィアの言葉に相槌を打っているだけだ。

「あ、これは秘密だと、〝彼〟からは言われていたのですが。私、父とライドウ様には嘘はつけませんから、申し上げますね」

若ソフィアが少し困った顔をして、すぐに今までと同様笑顔に戻ってそう言った。

識の眉が少し動く。

……新情報か。

彼というのは、雪山の麓《ふもと》でジンを助けたらしい人物の事らしい。

ジンを追い詰めた魔物を一掃した男がいたと、若ソフィアは言っていた。

雪山に臨む装備としてはどうかと思うんだけど、フルプレートを着込んだ騎士風の人だったそうだ。

しかもだ。ばん馬のようなごっつい体格の騎獣に乗っていたとか。

突っ込みどころが多すぎて、もうどうしたらいいものやら。

新手の幻術と言われた方が、まだ納得がいく。

その、彼の事か。

「そちらの見習いさんを助けた人は、〝アズノワール〟と名乗っていました。私が駆けつけた時に少し話して〝俺はアズノワール……という偽名の騎士、ではなく。始まり……でもない。通りすがりの者だ〟と、仰っていました。それから〝ところで、ツィーゲはどっちだろうか？〟とも」

アズノワール？

その名前、知っているんですけど。

「私の勘だと多分偽名じゃなくて、本名だったと思います。それにしてもケリュネオンを放浪していてツィーゲへの道を聞くなんて、明らかにどうかしていますよね」

……確かに、異常すぎる。

エジプトを出て中国に辿り着き、フィンランドはどっちかと聞くようなものだろう。シルクロード的にも、中東辺りまでならまだ辛うじて分かるけど、北欧はないだろって感じ。

こっちの世界には転移陣があるとはいえ、基本的な移動手段は地球の中世レベルなんだし。

しかし、ツィーゲか。

もし始まりの冒険者のその人なら、彼の口からツィーゲの街の名前が出たのを無視はできない。

一度、戻るか。

まずはジンの様子を見て、それからツィーゲに戻って……。

こりゃ、迷宮探索は午後からにして、その間皆にはカンナオイのいろはちゃん関連の事を調べてもらうとするか。

そういえば澪は味噌蔵見学《みそぐらけんがく》に行きたがっていた。

ショボいけどちょっとしたご褒美《ほうび》として、調査という名目で今日の午前はフリーにしよう。

探索はお休みです。

「それにしても、あの子はどうしましょう？　私、ミランダさんでもあの子のお姉さんでもないんですけどねえ。いっそ新手のナンパなら一蹴できるのに……」

若ソフィアが困惑顔で僕に尋ねた。

確かに。これがもし、ジンが単に若ソフィアに一目惚《ひとめぼ》れして、無茶なナンパを仕掛けたってだけなら、僕も気は楽だな。

「私から言い聞かせておきます。少しの間ご迷惑かもしれませんが、お許しいただければ」

「ライドウ様がそう仰るなら。それから、私如きに敬語など使わないでください。今日はお忙しそうですけど、近いうちに一度、胸を貸していただけたら嬉しいです！　それでは、あまりお時間頂いても申し訳ありませんので、私はこれで失礼しますね！」

彼女はジンと会う気はない、か。

さ、急ごう。

午前中にここツィーゲで用事を済ませて、午後にはカンナオイに戻らないと。

ツィーゲか。誰かアズノワールって人の目的を察している人がいればいいんだけど。

◇◆◇◆◇

「おお、見事なミイラ男っぷりだ。気分はどうだ、ジンマミー」

ジンが寝ている部屋に入った僕は、開口一番そう言った。

最初に外傷の治癒は済んだと聞いていたけど、彼は体中包帯でぐるぐる巻きにされていた。

はて。あんまりコミカルな怪我人姿をしていたものだから、つい雑魚って言うより先に、〝ミイラ男〟とか口走っちゃったけど……治っているのなら、包帯は必要ないはず。

じゃあなんで現にジンはここまで包帯でパッケージされているのか。

観察する。

「っ、先生、識さん」

呻《うめ》くようなミイラの声は、ひとまず無視する事にした。

おお。ベッドの端々《はしばし》に包帯が続いている。

そしてそれは、太く頑丈そうな木製の脚や、ちょっと洒落た感じの宮《みや》部分に、これでもかとばかりにきつく結び付けられている。

つまり、興奮して暴れる誰かさんを物理的に静かにさせるために包帯で拘束したわけか。

ふむ、見事な治療と言わざるを得ない。

一応患者の様子を見る限り、多少は落ち着いてもいるようだ。

ただこの分だと、〝静かになった〟という報告はジンが落ち着いたわけじゃなく〝拘束が完了した〟と読み換えた方がよさげだな。

さてと。それじゃ、先生と上司をやるか。

厳しめに、あくまでも厳しめに。

「うん、納得した。で、錯乱《さくらん》して暴走して死にかけた雑魚君——じゃなかった、ジン君。報告を聞こうか」

「うぅ。報告、ですか」

少し朦朧《もうろう》とした様子で、ジンが返事をした。

「そう、報告。だって一応クズノハ商会の研修の一環でここに来たんだろ。そうだったよね、識？」

「……ええ。それがどうしてこうなったのか、詳しい説明が本人からも欲しいですね」

多少の棘は含ませつつ、僕は明るく報告を促す。

一方識は、かなりご立腹な様子でジンを見下ろしていた。

「それは、ええっと……何から説明すればいいのか」

珍しく、ジンが混乱している。

学園では最近なかなか見られない顔だな。

「まず、なんで魔物なんぞ深追いした？　お前の今回の仕事は、僕が把握している限りだと、せいぜいがただの荷物持ちみたいなものだったはずだぞ」

「その上、私はジンに厳命しましたよね？　決して自分の判断で動くなと。雪深い環境も、棲息する魔物の強さも、今のジンでは手に余るものだからと」

「……確かに、そう言われていました。今回の怪我は、識さんのせいじゃありません」

ジンは自分の過《あやま》ちを認め、識にその責任がないと、力なく呟いた。

……アホか、こいつは。

僕は最初から、識に責任があるなんて思っていない。

それに、怪我だと？

根本的に勘違いしている。

「そんな当然の事、改めてお前の口から聞くまでもない。全部お前の自業自得《じごうじとく》だ」

「う」

「識、ソフィアが発見した時のジンの様子は？」

僕がソフィアの名を口にすると、ジンの体が強張《こわば》った。

錯乱の元凶、か。

でも今は、こいつの勘違いを先に気付かせないといけないと思う。

ミランダとかソフィアとかは、最後に聞けばいいだろ。

「はい。既に意識はなく、全身血だるま。周辺の雪をも赤く染めていたようです。治療の際に調べた限り、拳半分《こぶしはんぶん》ほどの虫が全身に群がり……肉を食らった事による外傷と出血で、意識を失ったのだろうとの報告を受けています。私の見立てでも、それで間違いはないかと」

「他には？」

「同時に毒も注入されておりました。行動の自由を奪い、獲物の命を延命させる……いえ、抵抗を弱めつつ肉の新鮮さを長く保つ用途の毒です。ですが、今回はそれが幸いしました。そのおかげもあって、ジンの治療は間に合ったのですから」

嫌な毒だ。ただ効率的でもある。幼虫の餌《えさ》か保存食か。

薬にも転用できそうに思える。まあ識の事だ、既にサンプルは亜空に送っただろう。

「さらに、その虫を蹴散らしてくれた謎の騎士さんがいたってのもあるよね」

「はい」

「お前さっき、今回の怪我とか言ってたね、ジン。それ本気？」

「え？」

識から改めて報告を聞き、正直羨ましくなるほどの幸運が、ジンの命を救った事が分かる。

今回の怪我？

冗談じゃない。本来ならば十中八九、こいつはもう死んでいたんだ。

「延命効果のある虫の毒、騎士の助け。このどっちかが欠けていただけでも、お前は死んでたぞ」

「――っ!?」

死という言葉を耳にして、目を見開くジン。

これだから幸運な奴ってのは。

ちょっとくらい分けろと小一時間……。

この主人公属性め。

「間違いない。怪我とか、重傷とかって認識はあまりに温《ぬる》い。お前はただ幸運で助かった。実力云々なら、もうとっくに虫の保存食になっていた。なんだっけ、ユキコロガシだっけ？」

僕の問いを受け、識が解説する。

「はい。この辺りではそれほど危険な生物ではありません。ただし。深追いした場合は、危険度が一気に跳ね上がりますが」

誘い込まれて、物量で一気に食い荒らされるからだ。

でも、気をつけるだけで危険を確実にスルーできる相手でもある。

まったく、情けない。

「今回のお前の行動は、はっきり言って何から何まで突っ込みどころ満載で、研修に関しても当然しばらく大人しくしていてもらうわけだが。これだけははっきり認識しておけ、ジン。お前は、今日、実力では一度死んだ」

「!!　違います！　確かに少し油断はしました！　少し冷静じゃなかったのも認めます！　でも!!」

「……その〝少し〟が全部死に直結する場所にいる事を忘れて、か？　話にならない。せっかく拾った命も、それじゃまたすぐに落とすだけだ。識、ともあれジンを学園に。ここに残しておいても、迷惑をかけるだけだろう」

「はい。これはかなり説教をしませんと」

僕の言葉に識が頷いた。

どの道、これだけやらかしたジンを研修の名目で残しておくのも、ケリュネオンの皆に申し訳ない。

それに元凶《ソフィア》の傍に置いておくのも、今のジンには何一つプラスはなさそうだ。

「待ってください!!　俺、もう少し、もう少しだけここで頑張りたいです！」

ジンはなおも食い下がるが、僕はきっぱりそれを退ける。

「却下。講師としても上司としても、この結論は変わらん。……はぁ。なあ、ジン。その熱意の理由は、やっぱりあの……〝竜殺し〟か？　ソフィア＝ブルガ」

あの若返ったソフィアをどう表現していいものか。

とりあえずは〝竜殺し〟で。

そうだ。これもあの変態《ルト》にちゃんと聞いておかないと。

アズノワールさんの件でツィーゲも行かなきゃならんのに、これ以上トラブルが増えたら、頭パーンてなりそう。是非ここらでおさめてください、お天道様《てんとうさま》。

「あの人は、ソフィアなんて名前じゃありません。俺の剣の、最初の師で、親友で、初めて尊敬した人で……」

おいおい。先生で、親友で、尊敬する人って。

随分深い付き合いだったのか？

でもあのソフィアの雰囲気からすると、今と昔どっちのあいつを想像してみても、ジンからの一方通行なような……。

頼むから、元恋人とかは勘弁してくれよ。

後から知ったとはいえ、ちょっと罪悪感が湧きそうだから。

ピオーネの名前が脳内でちらつく僕に、ジンが続ける。

「告白なんてできなかったですけど、初恋の人でもあったと思います」

エスパーか、お前は。

でも、恋人じゃなかった。

んん？

いや、どっちかっていうと元恋人とかよりも性質《たち》が悪い、か？

恋人と親友なら……親友の方が上か？　どうだろう。

「そして……多分、俺が人生で一番傷つけた女性です。ミランダ姉《ねえ》。昔より少し大人びてたけど、俺があの人を見間違えるわけがないんです。一生かけて捜して、謝って、償《つぐな》う気でいた人なんです!!」

一回殺しちゃいました。

ご、ごめん、ジン。今なんか生きているみたいだし、ノーカンって事でいい、か？

ああ、確実に墓まで持っていく秘密が一個増えた……。

重っ……。

ここまで断言しておいて人違いって事はないだろうし……念のためにソフィアの過去を調べてお

いてもらうか。ルトが素直に教えてくれればいいけど、一応こっちでもね。

はぁ……。

「……だが、お前がミランダと呼ぶ彼女は、間違いなくソフィアと名乗っている。僕は〝竜殺し〟と面識があるが、あの娘は間違いなく彼女の身内か、考えにくいが本人だぞ？　似すぎている。ついでに、あの娘と周囲に迷惑を撒き散らしたお前は今、彼女から良く思われていない。直接彼女の制止と警告を振り切った挙句、あの様《ざま》だったようだしな」

「はぅ！」

「出直す、というのが正しい選択でしょうね。ジン、我々とて鬼ではありません。彼女の動向については調べておきましょう」

識がフォローを入れてくれた。

正直、ジンの事がなくても情報は欲しい。そのくらいは問題ない。

「でも、ここだって人手が足りてないって！」

ジンはまだ食いつくが……駄目、絶対。

「それは、アベリアや他の従業員に交代で来てもらう。少なくとも、仕事を増やしたお前よりはマシだろうからな」

「く……俺は」

「そういうわけだ。今日はここで休んでいけ。仕事はもういい。明日誰かを迎えに来させる。ジン、今夜は拾った命の価値を噛みしめておけよ」

「明日からはきつくしますよ。今日だけはゆっくり休んでおきなさい」

「……」

僕と識に言われて、ジンはようやく大人しくなった——

「先生」

——わけじゃないのかよ。

「なんだ？」

「俺の事でお手間をかけさせて……申し訳ありませんでした」

「おう、存分に反省しろ。心配ってのは疲れるんだ。あまりさせないでくれると大いに嬉しいな」

識が大きく頷いて同意する。

「完全に同感です」

「はい……」

ジンも今度こそ大人しく、ベッドに縛り付けられたまま返事をした。

そのままジンマミーを置いて、僕は部屋の外へ出た。

おし、問題半個分終わり！

次はツィーゲだな。アズノワールさん絡みの情報がないか、レンブラントさんとかに確認だ。冒険者にも心当たりを聞いておいた方がいいかな。何せ、元祖冒険者みたいな人なわけだし。

「若様、今日はご足労いただきまして」

改めて頭を下げる識に、軽く応える。

「いい、いい。将来正式にうちの商会に入る可能性が高い子なわけだし。それにさ」

「？？？」

「ソフィアの事も浮上してきた。一体何がどうなっているのかは、あの変態に確かめるとして、できればジンに恨まれないように事態を収めたい。識、面倒をかけるけど、しばらくケアを頼むよ」

「はい。お任せください」

「じゃ、僕はこれからツィーゲ。その後はロッツガルドで、ローレルにも急いで戻らないと。こういう忙しさも喜ぶべきなのかな、商人としては？」

「ええ、きっと」

柔らかく微笑んで頷く識に手を振ると、僕は行き先をツィーゲに設定した霧の門をくぐった。

5

所変わって、ツィーゲの街。

熱くて乾いた空気が肺に流れ込む。

さっきまでは雪深い北国で白い息を吐いていたから、一瞬戸《と》惑《まど》う。

僕は商会の執務室を出て、働く皆に一声掛けてから外へ。

相変わらず、来る度に景色が変わる街だけど、今はそれを楽しんでいる時間はない。

急いで冒険者ギルドに向かう。

途中すれ違う冒険者や商人、街の住人らしき人達から二度見されている気配を感じながらも、応じる事もなく。

なんというか、この街で僕は結構な有名人になりつつあるんだよな。

用事がない時ならいいんだけど、急いでいる時なんかは流石にいちいち立ち止まって談笑するってわけにはいかない。

僕は急ぎ足で冒険者ギルドの一室にいるレンブラントさんを訪れる。

「ん、ライドウ君じゃないか。ローレルからとんぼ返りかね？」

「お久しぶりです、レンブラントさん。所用で少し戻って来ました。街の方は平常運転といった様子ですが、戦況はいかがですか？」

レンブラントさんは少しお疲れみたいだな。

普段よりも顔に疲労が出ている。でも、目は逆にギラついていて、前に会った時よりもかなりモチベーションが高い感じだ。

もしかしたら戦況が悪くなったか、そうなりかけているのかもしれない。

だとしたら、まずはそっちを沈静化させないとな。優先順位はここが一番上なんだから。

「うむ。戦況というか、交渉状況はなかなか順調だよ。少々気味が悪いほどにね。案の定、何度か街への侵入を目的とした工作部隊らしき連中も来たが、入り込まれる前に迎撃できている」

おや、意外にも、本当に順調そうだ。

「近隣の街とも、うちの独立が成った際の関係の維持等について密約は終わった。ライドウ君が守りの要《かなめ》になる部隊を連れてきてくれるのなら、ツィーゲの独立は成功と言っていい段階に移るはずだ」

「流石レンブラントさん……」

そう讃《たた》えた僕の言葉に、レンブラントさんは任せてくれとばかりに頷いて続ける。

「クーデターを起こした連中は劣勢になってきているから、あと警戒しなくてはいけないのは、王家の側だね。都《みやこ》を陥落寸前《かんらくすんぜん》から巻き返したナニカがこちらを向く前に、君らに戻ってきてもらえれば磐石《ばんじゃく》かな」

やっぱりレンブラントさんは、政治方面でもかなりの実力があったんだな。

結局、商売の世界で生き抜くってのは、そういう能力を手にしていくって事なのかもしれない。

規模が一定以上になってしまうと、なおさら。

「分かりました。こちらも可能な限り急ぎます」

「……君こそ、実に頼もしいよ。で、所用とは何かね？　私に力になれる事なら手を貸すが」

上機嫌に目を細めるレンブラントさんに、僕は用件を切り出す。

「ある人物についての情報が欲しいんです。アズノワールという人なんですが、何かこの街との縁をご存じないかと思って」

「アズノワール。聞き覚えはある……確かローレルのおとぎ話に出てくる伝説の騎士か何かじゃなかったかね」

「え、ええ。ご存じでしたか」

凄い知識量だな、レンブラントさん。

「名前くらいはね。しかし、ツィーゲとアズノワールという名前は結びつかんな。そもそも彼の名は、ローレルでしか聞いた覚えがない」

「そうですか……」

　世界の果てとかに来ていてもおかしくはないかと思ったんだけど、そんな記録や伝承も——少なくとも表向きには——残ってないと。

「だがまあ、他ならぬ君の頼みだ。調べさせてみよう。何か分かり次第、クズノハ商会に連絡しておくよ」

「ありがとうございます。ところでレンブラントさん」

「ん？」

「状況はかなり良くなっているようなのに、かなりお疲れに見えるのですが。何かあったのではありませんか？」

　話しに一区切り着いたところで、僕は気になっていた事を聞いた。

「ああ、顔に出ていたか。いや、心配をかけてすまない。これは別件だ。ちと、街の将来設計について、思うところができてね。色々と詰めている最中なんだ。もう少ししたら君にも関わってもらう事になるだろうな」

　心底楽しそうに、そう、子供が秘密基地を見つけたような無邪気さを感じさせる表情で、レンブラントさんが破顔した。滅茶苦茶楽しそう。

——っと、これは本当に独立の事とは別件みたいだな。

相変わらずこの人は凄い。

街を国から独立させるなんて一大事に中心人物として関わりながら、他の新しい事にももう手をつけているだなんて。それも嬉々《きき》として。

天才的なバイタリティだ。

一つの事で精一杯になっている自分が悲しくなってくる。

なんてネガティブに考えていても、僕の力が上がっていくわけじゃない。

この人の近くでその仕事や考えを見られる幸運を、大事にしないとな。

少しでも彼の知識や経験を取り込めれば御の字って事で。

「是非。レンブラントさんと仕事ができるなら、絶対に参加させてもらいますよ。では、慌ただしくてすみませんが、少し立て込んでおりますので、これで失礼します」

「ああ。私の方こそ君には多くの閃きをもらっている。いつでも来たまえ」

本当にありがたい言葉だ。

僕は深く頭を下げて、レンブラントさんと別れる。

しっかし、すっかり冒険者ギルドが仕事場と化しているな。

一般の冒険者が普通には入り込めないエリアから出てホールに向かうと、一気に人の数が増した。

ホールは熱気と喧騒に包まれていて、冒険者が大量にいた。

これから狩りやら探索に出る組もいるって事か。

というか、下手をしたら今のツィーゲは、どの時間帯もこんなものかも……。

荒野関連の依頼も、冒険者達はかなり積極的に引き受けているみたいだ。

巴や澪、それにトア達が蒔いてくれた種は、ばっちり結実したみたい。

……いいね。

でもこの混雑の中、アズノワールさんの事を聞くのはかなりしんどそうでもある。

これは後回しにして、あの〝変態〟にソフィアの事情を聞きに行くのを優先するか。

そんな事を考えていると、ホールの入口の方から――

「へぇ。じゃあヴィーガンさんは、わざわざロッツガルドからその恋人を追いかけてツィーゲまで？　凄く情熱的！」

「遠距離だとさ、お互いの気持ちって、近くにいる時よりも強く燃えるものでさ。今ここにいてくれる確証はないんだけど、最近のツィーゲの噂はどれも凄いから。ハズレでも話の種にはなるよねって、後はただの勢いだよ」

聞き……覚えがある……声がするよ？

ギギギッと、自分の首から音がするのが聞こえた気がする。

僕が動かした視線の先には、トアと、件《くだん》の〝変態〟の姿があった。

「ここは街そのものが観光資源みたいなものになっていますから、ヴィーガンさんも後悔《こうかい》はしないと思いますよ」

「街で一番の冒険者パーティのリーダー、トアさんといきなり知り合いになれただけでも、既に話の種が手に入りましたしね。正直、こんなに綺麗な女性だとは思ってもいませんでした」

「またまた！　それで、その恋人の方とは、ロッツガルドで知り合われたんですか？」

ソフィアの時も思ったけどさ……お前、なんでここにいやがりますか。

人畜無害そうな美少年演じやがって、この野郎。

「実は夜更《よふ》けにね、彼の部屋に」

「え、彼？」

トアが怪訝《けげん》そうな顔をする。

そりゃあそうだ。彼女がここに道案内をしてきたらしい相手は……男だからね。

「そう、ライドウ君の――」

その名をあいつの口から聞いた瞬間。

このところ色々と聞いてきたルトの暗黒面というか、本性というか、これまで僕に見せてこなかった面を知って燻《くすぶ》り出した、あいつへの嫌悪とか色んなものが、体から溢れ出すのを感じた。

「誰が――」

音もなく二人の至近距離まで移動した僕は、短く声をかけた。

「あ、え？」

ルトは瞬時に僕と気付いて驚き、そして僕が動きを一向に止《と》めない事に疑問を口にした。

「お前の恋人だ、ボケーーーー!!」

大きく振りかぶって、だがしっかりとルトの防御と回避は魔力体で封じて。

「げ、嘘。ラ、ライドブッ」

僕はすさまじいまでのテレフォンナッコーを、奴にぶち込む。

――あ、魔力体を解除するのを忘れていた。

吹っ飛ぶどころか、僕の拳を顔面にめり込ませた銀髪の美少年が、空中で静止する。

わ、我ながら凄い絵面をつくってしまった。

「ラ、ライドウさん。えっと、お戻りだったんですか？」

顔を引きつらせるトアに、僕は先ほどのルトの発言を訂正する。

「くれぐれも言っておきますが。こいつとは恋人じゃありませんし、僕は女性が好きですから！」

そもそも、お前の名前はヴィーガンじゃないだろうが、ルト。

偽名いくつあるんだよ、冒険者ギルドの長殿には！

ロッツガルドに行く手間は省けたのに、何故か全く嬉しくない!!

ルトは魔力体で拘束されながらも、相変わらず人懐っこい笑みを浮かべて、こちらへの好意を隠さず示している。

しかしながら不思議なもので、こいつについて僕が知らなかった情報をいくつか手に入れた今、僕の方はこれまで通りとはいかない、胸がモヤモヤする何かを感じていた。

冒険者ギルド、始まりの冒険者との関わり、そして今朝のソフィア。

どれもが僕にとって〝何か納得いかない〟ものだったからだろうか。

他のメンバーの事はまだ分からないけど、六夜さんは過去にも今にも納得しているようだった。

ソフィアも……幸せそうだった。

それなのに、当事者でもない僕が気に入らないものを感じていた。

六夜さん達は賢人——つまり日本人なわけで、他人事とも思えないものがあるし。

ソフィアについては、ルトとの関係だけで見るなら僕は部外者だけど、彼女の人生における執着とその決着については結構関わっている。

「とにかく、僕の部屋に来い。ちょっと話がある」

「……ねえ、ライドウ君」

「なんだよ」

とりあえず、お前に僕の気分を害する権利はないぞ。

そんな気分なんだ。

「お互いの経験値を考えると、僕に対しての緊縛《きんばく》プレイは早いんじゃないかな。むしろ最初は僕がリードすべきだよ。実は偶然にもアイマスクを持ってるんだけど、目隠しとかからって……興味ない？」

とりあえず宙に拘束したままのルトが朗《ほが》らかに、かつ頬を染めて腐った事を口にした。

うん、こういう奴だった。

ええ、ええ。思い出してきました。

「全くない！　ついでに、冒険者ギルドで言う事でもない！」

「ええ!?　ここ、僕の家みたいなものだから、大丈夫大丈夫」

ギルドのマスターですもんねえ。

もういい、さっさと商会に連行しよう。

――っと、その前に、トアにも一応アズノワールさんの事を聞いて、あわよくば調べてもらったりとか頼んでみたりしよう。

「ええと、お取り込み中のようですし、私は失礼しますね」

そそくさと立ち去ろうとするトアを呼び止める。

「ちょっと待ってください。実は一つ、もし知っていたらでいいので、聞きたい事があるんですけど」

「ライドウさんが私にですか？　もちろん、なんでもどうぞ？」

トアはきょとんとした様子で質問を許してくれた。

まあ、先祖の短剣がどうのって件を含めて、今の彼女は僕に隠し事とかする必要性を感じてないようだしね。助かる。

ここは他の人の耳もあるけど……まあ、アズノワールって名前について僕が口にしたって広まっても、メリットの方が多そうだから、構わないな。

ルトは後で問《と》い質《ただ》すにしろ、元々彼らとは知己。

それどころか、不死である事さえ知っている。

「騎士アズノワールという人と、何か縁があったり、もしくは関係がある人や物をご存じだったりしたら、教えてほしいんですが……」

「っ!!」

「っ!?」

ん？

トアとルトが、どっちも結構なリアクションをした。

予想外の名前を聞いたって感じの、雰囲気というか気配というかだ。

ただ……これは。

ルトだけじゃなく、トアもアズノワールの名前を知っている。

レンブラントさんも知っていたから、それだけなら有り得る事かもしれない。

いや――それにしても、この驚きようは変だ。

レンブラントさんの時とは質が違う。

「ライドウ君、君……また凄い名前を持ち出すね。そりゃ、ローレルにいれば林檎のおとぎ話で耳にする名前ではあるけどさ」

なんとも言えない表情のルトが、絞り出すように呟いた。

彼らを不死にした当事者その人なのだから、苦々しい記憶も、懐かしい記憶も蘇《よみがえ》るのかもな。

トアも何やら心当たりがあるらしく、考える素振《そぶ》りを見せる。

「アズノワール……。始まりの冒険者の旗手《きしゅ》、騎士アズノワールですか……」

「知っている、みたいですね」

「私、元を辿れば出身は〝そちら〟なんです。ローレルでは巫女と林檎を嫌う人はほとんどいません。もちろん私も」

「……へぇ」

トアの懐かしそうな言葉に何やら興味を覚えたのか、ルトが相槌を打った。

それには構わず、僕はトアへの質問を続ける。

「連邦が成立する以前から陰日向なく民を支え、いつの世にも活躍の記録が残る伝説の存在——として、知っているというわけですか」

「それもあります。ですがアズノワールという名は、実は私にとって少し特別なんです。彼は始まりの冒険者の中では筋肉と無謀の代名詞のように語られる豪快な人物で、エピソードもその類のものが多いんですけど」

旗手、だよね？　リーダー的な。

でも筋肉と無謀って、何それ。

僕も大概他人の事は言えないトップだけど、それでいいんだろうか。

ルトは愉快そうにうんうんと微笑んでいる。

そういう評価がアズノワールという人物らしい、という事なんだろうか。

トアは昔話をするように語り出す。

「でも決して愚《おろ》かな人ではなかった。遥か昔、ローレルが国威発揚を目的として、荒野に眠るとある上位竜を降《くだ》そうと、愚かな野望を抱いた時、騎士アズノワールは突然国家の中枢に現れて、これをやめるように警告しました」

「……え？」

そこでルトは、〝有り得ない〟とでも言いたげな顔をトアに向けた。

実際、昔話だ。

ただし、その上位竜への挑戦と散々たる結果が、トアの人生を大きく歪ませるものになったはずだから、彼女にとっては特別な話だし、出来事だっただろう。

そのとある上位竜は蜃。〝無敵《むてき》〟と呼ばれ、世界の果てで惰眠《だみん》を貪《むさぼ》っていた……まあ巴だ。

あいつは言われるまで覚えてもいなかったけど、討伐の結果は大失敗。

かなりの精鋭が荒野に散った。

トアの先祖もだ。

家宝だかなんだかの大事な短剣もそこで失い、トアの祖先の一族は国を追われて各地を転々とし、巡《めぐ》り巡ってトアは冒険者となり、荒野に先祖の短剣を探しに来た。

で、借金絡みのトラブルで死に掛けていたところで、彼女の妹であるリノンと僕が知り合う。紆《う》余《よ》曲折《きょくせつ》を経てトアとその他の死に掛けメンバーで組んだパーティは、今やツィーゲのトップチームとして名を馳《は》せていると。

いやー、人生何があるかなんて分からない。

今ではその短剣も無事にトアの手に戻り、彼女はツィーゲをホームと決めて、街に貢献《こうけん》しつつ冒険者としてさらに腕を磨いている。彼女的には終わり良ければなんとやら……なんて考えていそうである。

「結局、同時期にヤソカツイの大迷宮が噴火したので、アズノワールはそちらの被害を抑えるために行動し、その隙に愚かな遠征は決行された……で、色々あって私がここにいるって感じですね。そんな理由もあって、私は始まりの冒険者の中では、騎士アズノワールが一番好きですね」

なるほどなるほど。そんな縁があったか。

ただ当時から見て遥か未来になる今、アズノワールがツィーゲに来る理由にはならなそうだな。

一応、ただ知っているだけ、よりは深い。

でも少し弱いような。

――って、待て。

トアがさらっと凄い事言っていた。

迷宮がなんだって？

噴火？

そりゃ火山の専売特許だろ？

「ちょっと待ってください。あの迷宮って、噴火するんですか？」

口にしてみて、自分でも何を言ってるんだと思った。

頭がおかしいな。噴火なんてするわけないだろうに、常識的に。

……でもそれが通用しないからな、あそこ。

「私はローレルで生活した事がないので、その辺りはあまり詳しくは。ただそういう事もある場所らしいです。その時は彼のパワーの源、ボードの実を二つ食べて、迫り来る溶岩の中を突き進み、深い穴を開けて事を収めたとか」

「なる、ほど……？」

トアもリノンも帝国に近い場所で生まれたと聞いた覚えがある。生まれてから一度もローレル連邦には行った事がないとも。だったら、流石に聞いても分からないか。

入っている最中に噴火とかされたら危ないよな。

その辺り、戻ったら皆にも確認してみるか。

噴火の兆候《ちょうこう》とかあるなら、探索を急がなければならない。

それにしても、アズノワールって人は、噴火を止めるとか、海王《シーロード》のセル鯨《ゲイ》さんじゃあるまいし。

結構とんでもない人らしい。

最後のなんとかの実の話はおとぎ話だろうから、詳細についてはともかく、彼が噴火の被害を食い止めるなんらかの偉業を成した事は、間違いないんだろうな。

何故か缶詰から緑色の何かを摂取するとムキムキになる古典的なヒーローを思い出した。

いや、あの水兵さんでも無理だよ、火山の噴火を止めるとか。

「……ライドウさんって、次々に世界の謎に関わっていく感じですよね。冒険者よりも冒険してます」

「確かに、結果的にそうなっています。不本意ですけど、否定できないですね」

「……当時、リミア王国にはリュカという上位竜が住まい、豊かな湖から恵みを与えていました。グリトニア帝国では砂漠に住む上位竜グロントが試練を与え、乗り越えた者に祝福をもたらしていたとされます。一方ローレルとアイオンは新興国の中では頭一つ抜けていましたが、上位竜の恩恵に相当するものがなく、大国の仲間入りをするにはまだ微妙なラインでした。だから……リミアとグリトニアが手にしていた上位竜の力を自分達も手に入れようと躍起《やっき》になっていたようです。本当に……馬鹿みたいな話です」

詳しいな、トア。

一族の過去として語り継がれてきたのか、それとも彼女自身が興味を持って調べたのか。

短剣を自力で取り戻そうとして荒野を目指すトアだから、どちらも有り得る。

ともかく、それで蜃をフルボッコにして国に連れ帰ろうとしたってのが、過去の遠征の真相？

だとしたら、本当に救えない話だ。

当時僕がそこにいたとしても、やめておけって言うと思う。

リミアだって、リュカの棲処《すみか》の湖が国内にあっただけだ。グリトニアの白の砂漠も、帝国がグロントを呼んで用意したわけじゃなく、元々そこにグロントがいただけの事。

そもそもローレルにはフツがいたはずだし、迷宮にはドマもいたはずだ。

それなのにどうして、わざわざ荒野の蜃なんて……？

待てよ？　噴火云々の話からして、当時もう、ローレルに迷宮はあったみたいだ。

それなのに、ローレルは自国内に上位竜が存在すると知らなかった？

そんな事、有り得るのか？

……！

あるいはその当時、ドマは上位竜ではない……いや、それもどうだろう。

「～～♪」

僕が向けた疑惑の視線を、ルトはあからさまな態度で躱す。

躱そうとしている。

いや、逃がさねえよ？

これも、こいつが関わるか。

もう上位竜関連で何かある時は、今後も全部、こいつが第一容疑者でいいや。

「そうでしたか。あまり気持ちの良い話ではなかったでしょうに、申し訳ありませんでした。それでも、もし彼の事で他に何か思い出したら、商会に連絡してもらえますか？　今関わっている件で少しでも騎士アズノワールや、始まりの冒険者について知っておきたいので」

「もう全部過去の事ですから。構いません。家に戻ったら改めて調べておきます！」

僕の頼みに、トアは快《こころよ》く返事をした。

「ありがとうございます」

過去か。

僕がおかしいのかもしれないな。

確かに、既に終わった過去だ。今更どうする事もできやしない。

少なくともトアは目的を果たし、今こそ自分の人生を生きようとしているんだと思う。

その姿は間違っていないし、眩《まぶ》しいとも感じる。

「では私はこれで。ヴィーガンさんも、また」

「あ、道案内ありがとう、トア。あとごめんね、実はその名前、偽名なんだ」

立ち去ろうとするトアに、ルトが謝罪の言葉を述べた。

「え？」

「安全のために仕方なく名乗ってて、騙《だま》す気なんてこれっぽっちもなかったんだ。トア、君に会えて良かった。いや、ツィーゲの冒険者ギルドは、スタッフもトップの冒険者も素晴らしい。どこもこのくらい活気と緊張感があれば言う事なしなんだけどね。このファルス、ギルドの長として誇りに思うよ」

「ファ、おっ、えええ!?」

「あはは。もし君が望むなら、冒険者ギルド直属のスタッフとして雇う用意もある。その気になったら、いつでも係の者に伝えてね。それじゃライドウ君、クズノハ商会に行こうか」

何が〝このファルス〟だよ。それも偽名だろうが。

ルトは本当に呼吸をするように嘘を言う。

ロッツガルドに潜り込んでいた魔将ロナと、同じタイプなんじゃないだろうか。

しかし空中で拘束されてモゴモゴしたままキリッとしてみせても、貫禄なんぞゼロだと思うが。

行こうか、なんて言ったところで、自分じゃ動けないわけだし。

それにだ。

ルト。

鼻毛出てんぞ。

間違えた。

鼻血出てんぞ。

「……はぁ」

僕は商会へと移動するために、魔力体で持ち上げたルトを逆さ釣りにする。

「ちょっとライドウ君。気になるね、そのため息。え、なんで？　どうして頭下で吊るのかな。あ、なんかツンときた。これ鼻血？　鼻血だよね？　ライドウ君、僕鼻血出てるんだけど⁉」

そりゃ、拳がめり込んだし、多少の負傷はするだろう、お前でも。

「じゃあ、皆さん。すみません、お騒がせしました」

僕はホールの冒険者達に、ペコリと一礼する。

周囲になんとも収拾のつかない空気が満ちていくのが分かる。

責任は取らない。こっちはこれからルトとお話ししなきゃならんのだから。

多分すっきりなんてしない。

でもほんの少しでも、このモヤモヤした嫌な気分が晴れてくれれば、嬉しいんだけどな。

◇◆◇◆◇

新生クズノハ商会本店の最上階。

あ、もちろん、裏口から帰還した。

お買い物中のお客さんに僕の奇行を――説明すればもちろんそうじゃないと分かってもらえるだ

ろうけど——晒《さら》すのは、流石に控えた。

僕の執務室に移動して、ルトの拘束を解いてやる。

「さてと。諸々聞きたい事が山ほどあるわけだけど。まず、どーしてお前がツィーゲにいる？」

「もちろん、君に会うためさ」

問いかけた僕に、奴は真顔でこう言った。

「ＯＫ、ソフィア《あのこ》から報告が行っているだろうから、それも理由の一つではあるかもしれない。じゃ、別の理由は？」

「ツィーゲの冒険者ギルドの視察。最近この辺りが色々慌しいから、そういうのの確認と一緒にね。実際、ツィーゲのギルドは街の動きにも随分と協力している。珍しい事だけど、間違っちゃいないから、問題はないね、むしろ非常に好ましい関係を構築してるみたいだ」

「ああ……」

これはその通りだ。

冒険者ギルドには全面的に協力してもらっている。

ルトの言う建前や冒険者ギルドの意義を考えると、要請すれば通ると思っていたとはいえ、会議の場としてだけ見ても、相当役に立っているように思える。

街の独立やアイオンのクーデターも含めて、こいつが視察に来る動機は十分ある。

じゃあ、ソフィアから僕の事も聞いて飛んできただけで、特に下心はない？

ええー、あのルトが？

でも、言っている事はもっともなんだよなあ。なんとなく納得できちゃう感じもある。

「真君？」

「本当に、それだけか？　何か企んでないか？」

「ないない。君ももう会っただろうけど、あの子から、君との接触と、懐かしい名前、それからツィーゲと、連続して聞いてね。真君に会えるかどうかは運だったけど、一度ツィーゲには足を運ぶべきかなと、そう思ったまでだよ」

ルトは軽《かろ》やかに笑いながら、手を顔の前でパタパタさせて苦笑する。

「……ならそれはもういい。次、僕が会ったあのソフィア。アレはなんだ？　なんのつもりだ？」

「う、うーん。確かに真君へのちょっとしたサプライズにしようと思って、伏せてはいたけどさ。ええっと……なんというか真君、やけに怒ってないかい？　思えば、さっき会った時からそうだったような……」

「色々、お前の関係した事を聞いたり知ったりしたし、ソフィアについては実際見たからな。思うところが少なからずあるだけだよ。お前はあの時、ソフィアにトドメを刺したんじゃなかったのか？　なんで未だに生きていて、しかも若返っているんだ、パパ？」

「僕の関係した事、ねえ。真君に嫌われるような事はそんなにしてきたつもりないんだけどな。それにあの子――ソフィアについては、凄く単純だけど、責任を取らせているだけだよ？」

「責任？」

ルトがソフィアから上位竜の力を回収して始末する。

それがあの、〝竜殺し〟と呼ばれた冒険者の最期だと僕は思っていた。

なのに、殺さずに、記憶を弄って、若返らせた。

理由を尋ねた僕に返ってきたルトの言葉は、〝責任〟の二文字だった。

「ソフィアとその相棒のランサーは、自分達の目的のため、それはもう好き勝手に暴れた。当然、そのために少なくない犠牲も出ているんだ。彼らの介入のせいで、複数の国が滅んでいる。人的被害や物的被害は今も詳細が掴めていないしね。戦乱に乗じて生み出した混乱も、相当のものだよ。ランサーの方は、それなりに育ったらまた元の場所に戻らせて、グロントと同じように試練を与える竜の一体として機能してもらう。これまでのようなオイタはなしでね。じゃあソフィアは？」

ルトが僕に尋ねた。

「ソフィアはって……あいつは贖罪《しょくざい》なんかしないだろ。自分の進んだ道に後悔なんぞ抱かない。そんな感じだったぞ？」

「ああ、死ぬ直前まで、僕に恨み言を吐いていたしね」

ルトは両手で天を仰《あお》ぐジェスチャーをする。

確かに、それはソフィアらしい最期だと思う。なんとなくだけど、命乞《いのちご》いはしないだろうと感じていた。

「なら、あいつはそれで、死んだんじゃないのか？」

「あははは！　やだなあ、真君らしくもない」

「何がだよ」

「死んだら終わり。死をもって責任を取った事にする、なんて。いつか君も言っていたじゃないか。過ちを犯したとして、当人が死んで取れる責任なんて、たかが知れてる。そんなの許されない——って、そんな感じの事を」

「……」

確かに。いつだったかロッツガルドで、巴とルトとそんな話になったのを覚えている。

切腹だとかの話題がきっかけだった気がする。

散々組織を、世の中をかき回しておいて、いざ目的が叶わないと分かると、生き恥を晒すのを拒んで自殺。全ての責任は自分にあるから自分の死で幕引きにしてほしい。

そんなの、どんだけ自分勝手なんだと。

まあ、お酒の勢いもあって、二人に話した記憶が僅かに残っている。

「僕も真君の意見に賛成だ。死んだら責任の追及はおしまいだなんて、間違っている。幸い、アレは力ある冒険者だった。僕の力も少しばかり宿せる器だしね。だから、もう一度命を吹き込んで、再利用《リサイクル》してやる事にしたのさ」

「リサイクル……？」

「冒険者ギルド直属の冒険者として私心《ししん》なく働いてもらう事で、世界に迷惑料を払ってもらっている。つまり責任を取ってもらっているわけ」

「……記憶を弄ったのは、どうしてだ」

ルトは特に悪びれた様子もなく説明する。

ソフィアを生き返らせた意図も、彼女の現在の所属も。

「それこそ愚問《ぐもん》だよ、真君。あのままで僕の指示に素直に従うわけがないじゃない。あの通り憎悪にとりつかれていたんだから」

「だからお前を父親として刷り込んで、愛する父親のために喜んで動くようにしたって事か？」

「僕との関係性は正直どうでもよかったんだけどね。一度漂白した後で、アレの潜在的な欲求を探って受け入れやすい環境と記憶、立場をそのまま刷り込んだだけ。いや、正直笑ったけどね？僕をあれだけ憎んでおいて、夢見ていた生い立ちが、その僕に愛されて、まっすぐに力を育てて世の中に貢献する事なんだから。全く真逆の人生を歩んでおいて、よくもまあ……とは、僕も思ったよ」

「ルト……」

「確かに、君を無用に驚かせたかもしれない。真君にとってあまり面白くないサプライズだったのなら謝るよ。でも、それほど怒るような事かい？」

「……」

「ソフィア達は本当に世界に混乱を生んだ。望むならその被害の詳細を君に見せたっていい。いずれにせよ、その償いはなされるべきだ。可能ならば本人達の手で、ね。違うかい？」

「……それは」

確かに、可能ならばそうあるべきだ。

可能ならば。

人の僕と、竜のルトで、この言葉に結構な隔たりがあるのを感じた。

生き返らせてまで、記憶を弄ってまで、償いをさせるのは、果たして可能という言葉の範疇《はんちゅう》なのか。

成された償いは、過ちを犯したソフィアのものだと認められるのか。

そう。僕ならそう考えてしまうし、実際、今もそう思っている。

「今ソフィアは、迷いなく己の仕事に全力を注いでいる。ケリュネオンの復興にも全力で臨んでいる。報酬《ほうしゅう》が良いからとか、強敵がいるとか、そんな理由じゃなく。ただそれが世のためになると、喜んで働いている。望んでいた過去も手に入れてね。誰も不幸になってないし、再会した君はびっくりして、僕も楽しい。そこそこ良い選択だったと思うんだけどな」

「誰も不幸になってない、か」

やはり、考え方の相違というやつなんだろうな。

ルトの説明には、僕が感じていたような不快な思惑はなかった。いや、僕にサプライズというのは少しばかり不快ではあるけれど。

誰も不幸になっていなくても、僕はびっくりさせられているだけなんだからな。

永い時を生きてきたこいつにとって、一度終わったヒューマンを生き返らせて、もう一回動かす程度は、別になんでもない事みたいだ。

思えばルトは、ランサーが英雄を剣に変えてコレクションしていても、特にやめさせたりはしなかったようだし、人のなりをしていても、人の価値観で話すのは間違いなのかもしれない。

普段が妙に人だから、こっちの感覚も狂うんだけどさ。

誰も不幸になってない。

確かにその通り、ではある。

「ソフィアは、生まれ変わった、って事か……」

あの時、ソフィアはルトに殺された。

その彼女は消えて、ルトはソフィアに彼女が潜在的に望んでいた人生の記憶を与えて、生み直した。

そして前の彼女が犯した過ちを少しでも償わせるために働かせていると。

はは。そう考え直すと、ソフィアを見た時から僕の中に生まれたルトへのなんとも言えない嫌悪が明らかに減ったのが分かる。

僕も大概現金に――というか、おかしくなってきているのかもな。

漠然と僕の中にある死への拘りみたいなものが、ルトクラスの相手と話していると、あまり意味を成さない時がある。

この類の話題だと、識なんかも時々そうなんだよなあ。

「？　まあ、そんなところだね。魂の寿命としてはまだまだ残っていたから、〝やり直し〟のが近いかな。もう少し若く設定しても良かったんだけど、あのくらいが技術や知識の習得を自分でやるのに一番都合が良かったから、あの年齢設定になっただけで、特に真君の性的《せいてき》嗜好《しこう》を探ろうと思ったりは、シテナイヨ？」

……下心はない、んだよな。

うん。ここは深く追及するのはやめておこう。元々、予定外の事だったんだし。

本題は六夜さん達の事だ。彼らの不死について。

そして……ルトに限って〝うっかり〟は多分望めないから、フツって竜の事も。

後者については六夜さんから口止めもされていて、こっちからも突っ込んで聞けないだけに、もどかしくもある。

「……じゃあ、あのソフィアについては、今後ともよろしくって事でいいのか」

それはルトに向けて呟いた言葉じゃなかった。なんとなく、自分自身に確認するように口から漏れたものだった。

「そうしてくれると助かるね。誤解（？）も少し解けたような感じはするし。でもまだ他に何かあると？　いいよ、この際だ。教えてルト先生をやろうじゃありませんか」

ふふーんと、何故か勝ち誇った表情のルトが胸を張る。

とはいえ、こっちは頭では分かっても、腹の底ではまだ納得してない感じなんだけどな。隅っこの方ではもやっとするのが残っているといいますか。

でも、せっかく向こうから教えてくれるっていうんだから、曖昧な不快感を追及するよりも別の話題に変えた方が利口《りこう》か。

「冒険者ギルドと始まりの冒険者について」

僕がその言葉を口にすると、ルトは僅かに息を呑んだ。

「やっぱりというか。結構エグイとこついてくるね、真君。ギルドでアズ君の名前が出た時から、頭の隅っこではもしかして……と感じてたけど」

「以前、お前が話してくれた事と大分違う話を聞いたんだ。で、その辺りの、お前の言い分ってやつを聞いてみたいと思った」

「……まさか。万が一にも、なんて思ってたんだけど……そっか、会ったんだね、彼らの誰かに。ちなみに誰から聞いたかは、教えてもらえるのかい？」

ルトの顔が期待に染まる。

「……六夜さんという人から」

フツの事以外は、別に話しても問題はないだろう。

この変態とは、元々旧知の仲みたいだし。というか、女ルトと体の関係があった人達もいるようだし。

僕には考えられん。肉食系とか草食系以前の問題だ。

「彼かぁ。元気にしてた？」

旧友の近況を尋ねるかのように、ルトは遠く懐かしい目をして僕に聞いた。

……こんな顔のルトは、初めてだな。

「ああ、元気だったと思う」

「そう。相変わらず飄々《ひょうひょう》として、実は絵を描くのが好きで、殺しの度に微妙に寂しそうな目をしてた？」

「いや、話をしただけだから、そこまでは分からない。そのうち戦う事になりそうな雰囲気ではあるけど、殺される気はないから、やっぱり確認はできないと思う。あと料理も好きそうだった」

「戦う？　ふーん、確か真君の目的は、あそこの傭兵団を連れ出す事だっけ。はは、そうだった。料理好きで凝《こ》ったのを作っては、皆に十秒で食べられてた。なら……うん、彼らなら有り得るかもしれない。相変わらずなんだなあ……そうかあ、あの大迷宮にいたんだ。ドマの奴。僕にはずっと、何も報告しなかったな……そうか……」

「お前、どっちに味方するとか、そういう気はないの？」

「ないよ。君と彼らが関わる事なら、黙って見守るさ。僕が干渉するなんて絶対にできない。しちゃいけない。君が六君《ろっくん》に聞いた僕についての話も、特に弁解するつもりはない。彼が話したなら、それは全部本当の事だ。ただ一つ訂正があるとするなら、君の言葉にかな」

「僕の？」

なら、彼らを不死にして縛りつけたのは認めるのか。

それすらソフィアの件と同じく、ルトにとっては気にするべき事でもないというのなら、僕はこいつと一生分かり合えないと思う。

「僕が話した内容と違うって部分。正しくは、僕が端折《はしょ》って話さなかった部分を、彼から聞いたんじゃないかな。たとえば冒険者ギルドのシステム。その核についてとか」

「！！」

僕が聞きたい事の見当はついている、か。

「そして結果、彼らがどうなったか。歴史の表舞台から消えたか、もかな。どう、聞きたいのはそんなとこ？」

「ああ、教えてくれるというなら、教えてくれ。正直、僕は不死というものが存在するなら、人に対するこれ以上なく残酷《ざんこく》な極刑だと思っている。お前にとって本当に賢人――日本人が歓迎すべき稀人《まれびと》なら、六夜さん達に何故あんな事をしたのか。できれば僕に納得できるように教えてほしい」

「……もちろん、話すよ。ただし、真君に納得してもらえるかどうかは分からない。ただ一つはっきり言えるのは、これはもう全ては終わった過去の話で、当事者はそれぞれに納得して結末を受け入れているって事。それに、今を生きている真君が納得するかしないかに、君の中でどれほどの意味があるのかは僕には分からないけど、事実はきちんと話すよ」

またた。

過去の話。

ちくりと刺さってくる。

トアの一族やソフィアについてならまだしも、六夜さん達は少し事情が違う。

不死になった以上、過去の問題なんだろうか。

現に六夜さんは今を生きている。

……ならルトを恨んでいたか。

納得していなかったか。

それは……。

ルトが口を開く。

何人かの聞き覚えがある名前が登場する昔話。

ロッツガルド学園の図書館にも残っていない、だが間違いなく存在した過去の話。

僕の覚悟が揺らぎ、立ち位置が定まらない不安な気持ちはそのままに、ギルドにまつわるルトの話は続いていった。

◇◆◇◆◇

——ルトとの話を終えた僕は、頭を掻く。

机の天板に浮かぶ綺麗な木目を意味もなく目で辿る。

「過去……過去かあ」

誰もいない部屋に声が漏れた。

ルトは、六夜さん達との事とか、少なくともこっちから聞いた事については隠さずに僕に話してくれた。

当時女性だったあいつが、何を企んでいたかとか。

ソフィアがやっていた上位竜を食らう――イメージとしては、吸収して力にするって感じらしい――企みのオリジナルが自分であり、後に旦那になる人との出会いで、それが立ち消えになった事。

ドマやアズマはルトに食われていた時期があるのだとも、あいつは明かしてくれた。

そして……冒険者ギルドの創設について六夜さん達に不死を望んだ事も、その上で今後歴史の表舞台に出てこないでほしいと望んだ事さえも、その通りだと認めた。

冒険者ギルドの黎明期には、後に五大国と称され、世界のバランスをそれなりに保ってきた国々についても不安定な時期であり、不要な火種を増やさないように話し合った末の結論だったらしい。

その他にも色々と、本当に今思い返すとかなり下衆な事も含めて、ルトにぶつけてみた。

けれど……返ってきた答えは理解できる、できてしまう内容がほとんど。

素直に言えば、理解はできても納得はできない答え、か。

ただ、引っかかっているのは僕だけ。

ルトも六夜さん達も、ちゃんと……当時出した結論を尊重している。そして今に至る。

あえて言えば、ルトにとっての誤算は、始まりの冒険者が彼の前からも姿を消して、完全に没交渉になった事だろう。

ルトとしては、六夜さん達とはとずっと交流を続けるつもりでいたみたいだ。あいつなりのフォローのつもりかもしれない。

どっちかが心の底では納得していないんだったら、どこかで決定的な対立をしているでしょ？

と、ルトに逆に問いかけられた時、僕は何も言えなかった。

実際、六夜さんはルトに憎しみの類の感情を抱いてはいない感じだった。

なんだかなあ。馬鹿みたいだ。

結局、僕自身が不死という言葉への忌避感《きひかん》で、空回りしていたって事なのか。

不死を受け入れる心境、ね。

今でもそれについては全く理解できないでいる。

どれだけの覚悟があれば、どんな経験を積めば、平和な日本に暮らしていた人間が、その拷問を受け入れられるのか。

……やっぱり、分からない。

いずれ戦いが終わった後にでも、六夜さんに聞いてみようか。

ただ、単純に言葉にしてその答えを尋ねる事に、物凄い罪悪感を覚える。

なんでだろうな、この気持ちは。

思考に耽《ふけ》っていると、いつの間にか、部屋の扉が開けられていた。

「若様？」

「っ⁉　何？」

見ると、ツィーゲに出てきてもらっているハイランドオークの女の子が、心配そうにこちらを窺《うかが》っていた。

参ったな。多分ノックもしてくれただろうに、それさえ気付かなかった。

「いえ、何度かお声がけしたのですが、お返事がありませんでしたので、心配になりまして。凄く難しいお顔をされておりましたが、先ほどのお客様と、何か？」

「ちょっと考え込んでた。馬鹿みたいだけど、僕は当事者ですらない、もう終わった事をね」

「は、はあ」

「心配かけちゃったみたいで、ごめん。そろそろローレルに戻るよ。あっちの用事ももうすぐ終わりそうだからね、もうひと頑張りだ」

「この街の事は我々にお任せくださいませ。ライムも力を尽くしてくれていますし、気になる事がありましたら、すぐに遠慮なくご連絡差し上げますので！」

彼女が冗談めかして、明るく宣言してくれる。

「ありがとう、頼りにさせてもらうね」

にっこり笑った彼女が一礼して出て行くと、部屋は再び静寂に包まれる。

でも僕が再び思考の渦に沈む事はなかった。

そうだ。今はツィーゲとローレルの事が先決だ。たとえ日本人が絡んでいたって、大事な事を見誤ったらどうしようもない。

幸い、と言うには複雑な気分だし、不死の事実にはやりきれなさもあるけれど。

六夜さん達に関しては、やりすぎて死なせてしまう心配はしなくていい、とでも今は割り切ろう。

きっちり二十層でケリをつけて。

で、ついでに智樹の香水の件も片付けて、傭兵団を連れてここに戻ってくる。

パンッ。

両頬を軽く叩く。

だんだん考える事が増えてくると、あれもこれもってなりがちだ。

それで全部をマルチタスクで処理できる人もいる。レンブラント系超人である。

でも僕は……そうできない人の方だ。

昔より多少はマシになってきたとは自分でも思う。

それでもまだ、人並みの下ってとこだろう。

商会の代表やりながら世界中を動き回って学園で講師をしつつ女神を張り倒す目的を持つ身としてはとてもあてにしていいレベルじゃない。

「……さ、ようやくだ。ローレルに行こう」

迷宮が思ったよりも狭くなくて暗くなくてかび臭くもなくて、じめじめもしてなかっただけでもラッキーだと思わないとな。

顔に苦笑を浮かべつつ、僕は自分で出した霧の門をくぐった。

◇◆◇◆◇

「真君、納得はしてなかったみたいだなあ。どうしようか、戻ってもう一度……でも忙しそうな様子だったし……嫌われるのは辛いんだけどな……」

クズノハ商会を出たルトは、しばらくしてその歩みを止めた。

口元に手を当てて小さな声で呟く。

正直なところ、ルトにとって真が向けてきた怒りは予想外だった。

ソフィアの件にしろ、始まりの冒険者の件にしろ。

後者については、いくら真でもそうは関係しないだろうと思っていただけに、名を聞いた時、ルトは内心かなりの衝撃を受けた。

とはいえ円満に話し合い、両者ともに納得して頷いて終わった、過去の話である。

まさかそれに真が噛み付いてくるなどとは、思いもしていなかった。

ソフィアについても、ルトが予想していた真のリアクションとは完全に違っていた。

驚きはするだろうけど、怒りはしない。

あの道化《どうけ》にきちんと罪滅ぼしの機会を与え、かつ真にも二度と敵対しないように躾けた上で、二人の再会を仕組んだ。

ソフィアについて聞かれた時の真の不愉快な表情は、ルトからすれば面食らうものだった。

旦那だった男の、どこにあるかよく分からない地雷を踏み抜いて、怒らせてしまった事が、かつて何度かあった。その時のような、どうすれば許してもらえるだろうかという不安な気持ちが、ルトの中に渦巻いていた。

余談だが、ルトが感情的に不安になるなど、比喩《ひゆ》でもなんでもなく、何百年に一度と言ってもいい珍事である。

「んー……やっぱり戻ろう。どこに誤解があるのか、何がそんなに気に入らなかったのか。ちゃんと聞いて、解決しておかないと。人と過ごす時間なんて一瞬だ。つまらない事で冷戦期間なんて作りたくない。じゃ――っ」

結論を出し、クズノハ商会に戻るべく踵《きびす》を返そうとしたその時――

俯きがちだったルトが、何かに反射するように顔を上げた。

交差点にいたルトから見てはす向かいの建物、正確にはその遥か彼方に向けて、彼の視線が放たれた。

「ずっと……本当にずっと、気配さえ感じ取れなかったのに、信じられない。真君が絡むと、君達に関する事でさえ、こうなるの!?」

一度はクズノハ商会に向けた足を別の方向に転じ、進みはじめる。

元の姿に戻って飛ぶ事も、魔術を用いて転移する事も忘れてしまったかのように、ルトが駆け出した。

信じられない速度で人ごみの間を抜け、初めて通る複雑な路地を、慣れた様子で突っ切っていく。

顔に笑みを浮かべたまま。遠いあの頃の記憶を蘇らせながら。

そしてもう一つ、走り続けるルトに変化があった。

その背が伸び、胸に膨らみが生まれ、そして髪が伸びた。

「アズ君。本当に君がいる。手が届く場所に、君が！」

懐かしい――だが、絶対に忘れない人物の気配を郊外から感じた。

それは、ルトにとってかけがえのない親友の一人。

エリュシオンという国が成り、女神信仰の中心地として栄え、やがて五大国に数えられるようになり……。

初代の王の出自は伝説として空想が語られ出し、だが近年国そのものが魔族によって失われた。

それだけの時間、上位竜であるルトが探しても、気配一つ掴ませてくれなかった始まりの冒険者達。

その一人の気配を、ルトは確かに感じていた。

◇◆◇◆◇

女性の姿に戻って、懐かしい人物の気配を追うルトが目指している先。

そこには一軒の家が立っていた。

ツィーゲの郊外で、庭付きの家がまばらに立つその一帯は、成功者達が居《きょ》を構える区域の一つだ。

街へのアクセスもほどほどに良く、特に冒険者から憧れの目を向けられる場所にある一軒こそ、ルトが目指している目的地だった。

単なる一軒家にしては大きい。

冒険者がパーティと共同で住む集合住宅形式の家で、建て売りではなく、オーダーした家だとひと目で分かる。

大きめに造られた玄関に今、一人の男と一匹の獣がいた。

背は大きく、体格も良い。

全身鎧《ぜんしんよろい》を着込みながらも、それを苦にした様子はまるでない。もちろん、迫りくるルトの存在になど気付かぬまま、彼は自然な所作《しょさ》で呼び鈴を押した。

「はーい」

返事はすぐにあった。

日中はクエストに出て留守宅も多いのが冒険者の家というものだが、騎士風の男にとっては運が良い事に、主は在宅だったようだ。

扉が開かれて中から顔を出したのは、この日、旧知の仲であるライドウから頼み事をされて、物置で昔集めた資料を発掘していた女冒険者、トアだった。

「どなた……っ!!」

トアは外で立っていた男と、その隣にたたずむ獣を交互に見て、思わず息を呑んだ。

曇り一つない白銀色の全身鎧に身を包み、背に独特な形状の大剣を背負う、身長百九十はある男。

歳の頃は三十路少し前で、鎧から露出《ろしゅつ》している顔や手足の各部には、大きさも形もさまざまな傷跡が残る。

極めつけは、隣で大人しくしている巨大な獣。

もはやそれは魔獣といっていいサイズの猪だった。

それらの特徴は、トアの記憶と知識にあるただ一人の人物と一致していた。

「まさか……貴方は」

「騎士、アズノワール。隣にいるのは愛馬、いや愛猪……」

アズノワール、トアが脳裏に浮かべた通りの名を名乗った彼は、続いて隣の獣の紹介に移り……

何故か口ごもった。

「愛騎グリンブル……ー」

「ウリィィ!?」

グリンブルーと不自然に呼ばれた巨猪は、これまでそこに存在しないかの如く静かにしていた態度を崩し、主であろう男に頭を向けて、意外と可愛い鳴き声を放った。

まるで抗議するかのようだ。

「失礼、愛騎グリンブルーだ。そちらは、蒼鬼晶剣《ラピス》の守護者とお見受けする。間違いは……ないだろうか」

「せっかくお越しいただきましたが、私はそのような家の者ではありません。この街に居を構える、

ただの冒険者の一人です」

守護者かと問われたトアは、そうではないと応じる。

第三者から見ればどこか噛み合っていないように感じられる会話だが、この二人の間ではきちんと通じていた。

「お姉ちゃん、お客様？　だったら上がってもら――」

「リノン！　奥に行ってなさい。すぐにお帰りになる方だから、大丈夫！」

玄関に向かってきた妹を、珍しく語気を荒らげたトアが追い返した。

肩をびくつかせたリノンは返事もなく、大人しく家の奥に駆けていく。

「リノン……やはり。誤解のないように最初に弁明するが、俺は君達に危害を加えに来たんじゃない」

トアが叫んだ妹の名を聞いて、アズノワールは何かの確信を得たように頷いた。

同時にトアの警戒を見て取った彼は、姉妹に危害を加える意図がない事も明言した。

「ええ、貴方がそんな事をなさるとは、私にも思えません。でも」

言葉だけでは、なんの保証もない。しかしトアは、騎士の言葉を受け入れていた。

「柊《ひいらぎ》永《と》遠《わ》、柊《ひいらぎ》理《り》音《お》。唯一の手掛かりだった名にも、相違ない。決まりか……」

「っ!!　私はトアです！　あの子はリノン！　家名なんて、その時々で適当につけてます。そんなどこにだっている姉妹で、冒険者です、私は！　柊なんて名前はとうに――！」

アズノワールが口にした名に、トアが激昂《げっこう》して反論する。

アズノワールはただその言葉を身に受け、おもむろに深く頭を下げた。

「……すまなかった」

「!?」

項垂《うなだ》れるような、深い後悔が滲《にじ》み出《で》た重い一礼だった。

「君達一族を愚行《ぐこう》から救えず、謂れのない非難からも守れず、挙句トワ――いや、トア。君にはその身に流れる血すら否定させてしまった。本当に、すまなかった」

「……貴方が、謝る事ですか。私、そんな事望んでなんか」

「だが！」

「ええっ？」

突如顔を起こしたアズノワールの様子に、トアがたじろぐ。

「これだけは分かってほしい。歴代の柊家の者達は皆、いつだって真摯《しんし》にその役目と向き合っていた。ラピスを鎮《しず》め、またその力を謙虚《けんきょ》に授かっていた。ラピスを荒野で失った彼女もだ」

一瞬目の前のトアではなくどこか遠くを見る表情になった騎士は、眉間《みけん》に苦悩の皺《しわ》を刻んでトアをまっすぐ見つめると、言葉を続ける。

「どうか、その身に流れる血だけは嫌わないでほしい。今すぐでなくてもいい。ラピスは俺が絶対に荒野から持ち帰ってこよう。だから、せめて君の先祖達を」

「あの」

「望むのなら、柊家を当時のままの処遇で今のローレルに蘇らせる手伝いもしよう。だから――」

「ですから！　話を聞いてください！」

半ば叫ぶようにトアが呼びかけ、ようやくアズノワールは彼女の言葉に耳を傾けた。

「ん、あ、ああ」

「あの剣なら、ほら、もう自分で探し出しました。全部自力で、なんて傲慢《ごうまん》な事はとても言えませんけど」

トアの手には赤黒い布でくるまれたナニカが握られている。

彼女がその布を取り払うと、そこには一本の短剣があった。

かつて荒野で失われ、ハイランドオークが拾い、真の手に渡ったそれは、幾度《いくど》にもわたる探索の末に、ようやくトアの手に戻っていた。

「まさしく、間違いなく……ラピス。君は自ら冒険者となり、荒野にまで赴《おもむ》き、その剣を自力で取り戻したのか。いや、そのために冒険者に……？　まさか」

騎士が目を大きく見開いて、呆然と呟く。

「だから、自力なんかじゃありませんって。何度も死に掛けましたし、むしろ奇跡の大逆転。今こうしてられるのは、あの人のおかげだろうなーって思うし。その後パーティにも恵まれて……」

トアが色々と言葉を並べる中、アズノワールは改めて家を見上げた。

良い家だ、と彼は感じた。

豪華だとか、広いとか、そういったステータスではなく、家が纏う空気を感じて、彼は表情を一つ柔らかいものへと変えた。

「そうか……、君は、君達姉妹は孤独ではなかったか」

せめてもの救い。

騎士の口調からはそんなものが感じられた。

「はい。幸いにも。そして居場所も、ここに。ツィーゲにちゃんとあります。……ローレルじゃなく、この街に」

先に出た家の復活という提案、それにトアは確たる拒絶を返す。

しばらくの沈黙を経て、アズノワールは穏やかな笑みとともに一度頷いた。

「分かった。俺の、身勝手な胸のつかえも取れた。色々と余計な世話を焼くところだったようだ。どうも突然騎士というものになったからか、俺はその名に忠実であろうとしすぎる。守れなかった者を、せめてその子孫だけでも自分の手で守ろうというのは、確かに身勝手な思い込みだな」

「いいえ。貴方のその姿勢に、きっと多くの人達が救われています。ただ私には、私とリノンには、もう別の救いの手が差し伸べられていただけ。どうか、貴方はそのままで……」

「ありがとう、トア。だが君らのために何かしたい。望む事はあるかな。俺にできる範囲なら力になるが」

「と言われても……今の私が望む事なんて、ツィーゲの安全くらいです。お力添えを頂こうにも、すぐに具体的には思い浮かびません」

「む。確か今この街はアイオンからの独立を求めて派手に活動しているんだったか。王族を黙らせるとなると……事が大きすぎるな。あいつとの約束に反してしまうかもしれん。どうしたものか……」

　後半、アズノワールは自問するような小声で呟いていた。

「だから、私達の事はどうか忘れてください。大丈夫、私も妹も、ちゃんと自分の人生を生きていますから。貴方は、どこかで困っている人を助けてあげてください、騎士アズノワール」

「……トア。うむ、本当にありがとう。君の望み、どこまで叶えられるかはともかく、このアズノワールが確かに聞いた。なんらかの形で必ず力になろう。それから、ラピスをちょっと俺に貸してもらえるだろうか」

「……？　ええ、構いませんけど」

言われるがままに、トアは短剣を騎士に渡す。

アズノワールは懐かしく、大事な物を見る目でそれを手にすると、グリンブルーの荷物袋からラピスそっくりな短剣を取り出して、戻ってきた。

「それはラピス、ですか？」

「似たような物ではあるが、違う。ふふ、本当に大事にされてきたようだ。しばらく荒野に打ち捨てられていたからか、少し拗ねているようだが、ね」

「……？」

（言われてみれば、ラピスとは違うような。でも似てる。形もだけど、なんだろう、雰囲気も凄く）

トアはアズノワールが取り出した短剣について色々考えてみたものの、記憶にも知識にも答えはなかった。

当然、目の前の伝説の存在がやろうとしている事も、見当がつかずにいる。

「君が自分で取り戻したという話を聞かなければ、実はここまでするつもりはなかった。けれどね、こんな胸が熱くなる話を聞かされてしまったら、俺も応えたくなる。持てる力全てで」

「それは、どういう？」

アズノワールはトアの言葉には応じなかった。

代わりに目を閉じて、ラピスと、それによく似た短剣を手に、何事かを唱えはじめた。

「ギルドスキル発動。リキャストオーバードライブ、ラピス、作製者ブラックスミス・クレズネ、タイプアサミィからタイプクリティカルへ、ブレイクポイント再投入……」

「？？？」

トアにとって、意味不明な言葉の羅列《られつ》だった。魔術の詠唱にしても、魔力の発動を感じさせない、意図も分からない謎の言葉だった。

やがてラピスではない方の短剣が、空気に溶けるようにその姿を消した。

そして残ったラピスが何度か輝き、震える。

だが見た目には何も変わる事なく、アズノワールの手にあったラピスは静かになった。

「返そう。これは君が使うべき戦士の剣としてカスタムしておいた」

「えっ!?」

「見たところ、君は速さや手数で戦う物理攻撃中心の戦い方をするようだからね。魔術の触媒《しょくばい》が主目的の短剣では実用に耐えまい」

「確かに、まともに使う事はありませんでしたが……」

「是非、使ってやってほしい。新たな仕様については、信頼できる鍛冶師に一度見せて、助言を得るのが一番だな。俺の言葉などより余程分かりやすいし、信じられるだろう」

「アズノワールさん……」

「柊の名も、剣の意思も、今の君にはわずらわしいものだろうから、どちらも俺が持っていくよ。ラピスは今日より君のための剣だ。気に入ってくれたなら、子に、孫に伝えていってほしい。ではトア、もう会う事はないかもしれないが、君と、君の大事な人達の人生が、実り多きものになる事を祈っている。……さようなら」

「……」

トアからの返答はなく、アズノワールもまたそれを望んでいたわけではないのか、巨猪に器用に乗ると、振り返る事なく去っていく。

大地を抉り、風を巻き起こし、それなのに驚くほど静かに爆走していく巨猪。

郷愁《きょうしゅう》か惜別《せきべつ》か。

トアの目が細まる。

「あ、せっかくだから、ライドウさんに会ってもらった方が良かったかしら。……でもいいか。出会うべき関係だったなら、きっといつか出会えるものでしょうし」

それに……と、トアが最後にアズノワールの後ろ姿を確認しようと顔を向けた時。

既に小さくなっていた猪の上に乗る騎士に白い何かが横から突っ込んでいった。

猪は慌てず騒がず急停止し、白いナニカは、吹っ飛んで横たわる騎士に馬乗りになっている。

トアはその両目をごしごしとこすってみたが、見えるものは何一つ変わらなかった。

どうやら現実のようだと、彼女は現状を確かめ、一つ大きなため息を漏らした。

（あれよね。あっちの事は多分私が首を突っ込むべきじゃないと思うのよね。なんかあの白いの、女の人みたいだし。騎士アズノワールだって男だもの。何かはあるわよ。うん、感動はそのままにしよっと。色々分かってもらえたみたいだし、クズノハ商会に届けようと思ってた資料も、まだ集めきってないし。続き続き……そうだ、帰りにこの剣、クズノハ商会でエルダードワーフの職人さんに見てもらうのも忘れずにっと）

トアは玄関を静かに閉める。

「リノーン。お姉ちゃん、喉乾いちゃったー！」

妹に飲み物を要求するトア。

アズノワールが口にした胸のつかえ。

それは彼女にもあって……そして今、溶けて消えた。

心の底から溢れてくるような笑顔と、軽い足取り。

過去と血の呪縛《じゅばく》で冒険者になったトアは、ようやく肩から重荷を下ろす事ができた。

「リノンー！　お姉ちゃん、お酒がいいなー！　物置に持ってきてー！」

「真っ昼間から何言ってるの！　居間にお茶置いといたから！　飲んでから物置に行ってよね！

絶対こぼすんだから……もう！」

怒鳴《どな》ったり、上機嫌になったり、そんな姉の変貌《へんぼう》に、リノンは呆れるばかり。

今は小康状態《しょうこうじょうたい》にあるツィーゲ。

トアとリノンはそれなりに平穏な一日を過ごしている。

◇◆◇◆◇

「騎乗していたというのに人型の生物に轢《ひ》かれる。まだまだ新しい経験というものはあるんだな」

突然何者かに衝突されて地面に投げ出されたアズノワールは、しみじみとそう呟いた。

「アズ君。アズノワール……！　本物だ、本物だよ‼」

馬乗りになった状態で楽しげに会話を重ねるのは、長くまっすぐな銀の髪をたたえた長身の女性。

見る者をまず釘付けにする、均整の取れたスタイル。

サイズの合っていない男物のシャツが妙に色気を演出していた。

そんな美女に、全身重装備の騎士が組み敷かれるように乗りかかられている。アンバランス極まりない状況だ。

「いや、俺に偽者などいた事はないと思うんだが……。聞いた話から推測すると、お前今は男やってるんじゃなかったか、ルト？」

「そうだよ、合っているとも。だけど君達と過ごした記憶が蘇ってくるにつれて、気付いたら体も〝そっち〟に戻ってた。言われるまで女になってた事に気付かなかったもの！」

「そりゃまた、随分不安定な生き物やってんなあ、ルトよ」

　これも無意識なのか、ルトはぽろぽろと涙をこぼしながら、うんうんと笑っていた。そして、主の側で佇む巨猪に目を向ける。

「これはこれで楽しいものだよ。ふふふ、ねえ、あの子。別れた時にアズ君が頭に乗せてた謎の捨てうり坊A君だろう？　まさか本当に育て上げただなんて。有言実行、流石だよ。一目で幻獣枠すらはみ出しかけてる大物だって分かるよ？　相変わらず育成スキルバグってるなぁ、アズ君は」

「時間は……無限にあったからな。今でこそ乗りこなし、心も交わせるようになったが……っと、この話は長くなるな。やめておこう。見ての通り、頼れる相棒の一人だ」

「変わらないね、君は本当に昔のまま」

「お前もな。全く変わる事なく、美しいままだ。それと、俺は他の皆よりもそれなりに外に出ているから、余計に分かる事だが」

「何？」

「冒険者ギルド、よくやってくれているようだ。契約書もないほんの口約束だったというのにな。

だからな、六夜もハクさんもビアさんもヒヅさんも。皆でこう決めていた。誰かがもしお前に会う事があったなら、代表して感謝を伝えようと。ルト、ありがとう」

「……私のことを、本当は恨んでるんじゃない？」

ルトの顔が怯えでぐしゃりと歪んだ。それでも様《さま》になるほど、今のルトは美しかった。

アズノワールの言葉は、ルトがずっと心の中で彼らに対して思っていた事と一致していた。互いに多くの感謝を胸にしているはずだと。

もちろん、感謝というのはルトが想定していた中でもかなり都合の良い部類の話であり、実際には少なくとも恨みは買っていないだろうという辺りが、主な予想だったのだが。

対して、始まりの冒険者達が、表舞台から消えるという一方的な約束を守り続けてくれているだけで、ルトの彼らへの感謝が絶える事はない。

しかし騎士は、始まりの冒険者の代表として、ルトに感謝を伝えた。

だからこそ、ルトは真との話を思い返す。

不死、永遠を人に与える事がどれだけの苦痛を伴うのか、分かってやったのかと。

本当にそれを彼らが受け入れたとでも考えているのかと。

偽りなく心の声を口にしてぶつけてくる真に、流石のルトも、アズノワール達と交わした遥か昔の約束の是非について少し考えるようになっていた。

昔の、互いの肩を抱く気安い関係だった頃のまま接してきてくれた騎士に対して、ルトがつい不安からの言葉を口にしてしまったのはそのためだった。

「恨む？　それは、永遠の時間を過ごす事について、か？」

「うん」

「確かに恨んでいるし、憎んでもいる」

「っ！」

ルトが分かりやすく表情を曇らせるが、アズノワールはゆっくりと語り続ける。

「……だがそれはな。お前にじゃない」

「え？」

「六夜達まで巻き込む事の意味を、きちんと深く考えられなかった自分に対してだ。俺は、その点においては、当時の自分の甘さをこれ以上ないほどに悔《く》いているし、憎んでもいる。なんなら、今でもずっとな」

「どういう事だい？　血盟設立《ギルドバース》は君達全員の共有スキルだ。だから……君は何を」

「確かに、共有スキルではあった。だが実際にアレに含まれる多くのスキルを行使できたのは俺だけで、他の皆はシステムの恩恵を受ける、単なる受益者の立場だった。要は俺がたまたまマスター権限を持っていたからだったんだが……当時、俺はこう思っていた。不死を得ても、永遠を得ても、その時間を使って研究を始めれば、じきにこのスキルを俺個人で持てるようになるだろうってな」

「いや、君達のスキルは未だ私にだって解明しきれないし、所有者を個人に移すなんてとても……」

すっかり女の時の口調になったルトが、アズノワールの考えに異を唱える。

困惑するルトの言葉に、自嘲《じちょう》を隠しもしない騎士が頷いた。

「ああ。さっぱり何百年取り組んでも何百年方法を探しても。全く雲を掴むような状況は変わらなかった。そう、俺は永遠を……せめて自分だけで背負うつもりだったんだ。なのに、この様《ざま》だ。あれだけ騎士を演じてきて、最後には仲間全員を巻き込んだまま、誰一人救えない。そりゃあ、できる事なら自分を殺したくもなる」

「！」

「ま、そんなわけだ。今に至るまでギルドを健全に中立な組織として成長させ、維持してきたルトに対しては、さっきも言ったが、恨みなんぞ欠片もない。ただただ感謝だ。俺達が今でも生きている甲斐《かい》があるってものだよ」

「アズ君」

「それに、お前との約束通り、俺達は権力と結びついちゃいないし、国を興《おこ》してもいない。世界の表舞台からは基本的に見えない、いない存在だ。問題もないだろ？」

アズノワールの問いに、ルトはどこか寂しそうに答える。

「うん。でもまさか、私が捜す事さえできなくなるとは、思ってもみなかったよ？」

「無謀な研究をやる気でいたからな。ギルドがまさに動きはじめた時期に、お前の手を煩わせるのも気が引けた。別に嫌ったわけじゃないぞ？」

「私はね、本当は。アズ君達にギルド幹部兼最強の直轄部隊《ちょっかつぶたい》として協力してほしかったんだよ？　そのための席も、名前も、立場も準備していたのにさ……色々あったから……退屈だって、絶対にさせなかったのに。始まりの冒険者って名前は消えても、ギルドの幹部としていてもらうのは、セーフだと思ってたんだよ？」

「すまんな。だが、今は若くて良いのがいるじゃないか。ソフィア、とか言ったか？　お前の血を引いてるんだろ？　自分の仕事に誇りを持ってやってるようだった。十分じゃないか」

アズノワールは、会ったばかりの冒険者の名を出して褒めた。

だがルトは力なく、悲しそうに首を横に振る。

「あんなのは、君達の代わりになんて絶対になれない。ううん、そんな人物はそもそもいない。君達だからこそ迎えたかったんだ。ソフィアなんて、全然さ」

「厳しいな。甘いばかりの親もどうかと思うが、たまには成果を認めてやらんと子は拗ねるぞ？　で、だ。そろそろ離れてくれるか？　ローレルに戻らんとな」

いつの間にか体を重ね、まるで睦言《むつごと》を交わすかのように話をしていたアズノワールとルト。

下になっていたアズノワールは両手をルトの肩に当て、その体を起こす。

「え？　まさか、今からもう帰る気なの？　この感動的な再会の後で？　一万年と二千――」

引き留めようとして何か言いかけるルトに、アズノワールが突っ込む。

「そこまでぶりじゃないだろ！　流石に百世紀とか生きてないわ。まあ、飯くらい一緒にとも一瞬思ったが」

「だったら！」

「却下。もぞもぞシャツのボタンを外し出すのを見て、お前がどういうのだったか改めて思い出したからな。俺、野外とか好きじゃない方。そっちの冒険は全部パス」

「じゃあ、ちゃんとどこかの部屋までは我慢するから！」

じゃあ、とはなんなのか。

騎士の抱いた不安は、ある意味的中だったという事だろう。

「宗守の奴の言葉を思い出すよ、まったく。ちっとも変わってない。外見も、中身の方も」

「あの人の言葉？　って？」

ルトは宗守という名に敏感に反応した。初めて愛した男の名前は、ルトにとっても非常に重い。

「〝俺達といる時のあいつは、残念な美女か満点の痴女のどっちかだ〟ってやつ。まさに正鵠《せいこく》を射《い》る、だな」

「……完全な美女とか妻ってのはなかった？」

「あったぞ。他の連中といる時のルトがそれらしい。ただ面白みがないから〝やっぱり俺の傍にいりゃあいいんだ〟だとさ。全くの惚気《のろけ》だな」

「あの人、そんな事を。そっか……」

かつて愛を育《はぐく》んだ男との思い出に浸るルトを器用にどけると、アズノワールは鎧についた土を軽く払う。

立ち上がって肩を伸ばすと、相棒の巨猪に目配《めくば》せをする。

静かに休みながら事の成り行きを見守っていた猪が、主の視線を受けてその身を起こした。

「なんにせよ、会えて良かったよ、ルト。またいつか縁がある時まで——!?」

一方的に別れを告げて出発しようとしていたアズノワールと巨猪が突然、あらぬ方向に顔を向けた。

一瞬遅れてルトもまた、そちらに顔を向ける。

ただしアズノワールの顔が訝《いぶか》しげな表情であるのに対し、ルトの顔にはありありと不満が浮かんでいた。

それは視線の先にいるモノへの理解の差といえた。

「アイオン王家と彼らに繋がりがあるなんて、全く知らなかったが……そうか、聞き及んだ逆転劇のタネはそれだったか」

「流石アズ君。もう素性《すじょう》まで掴んじゃうか。はーあ、確かにこのケースも予測していたからこそ、今日ツィーゲに来たんだけど。せっかく奇跡的に旧友と再会できた感動を台無しにされるってのは本当に……腹が立つものだね」

アズノワールとルトがそれぞれ所感を口にする。

「あんな物騒な連中と五大――いや、四大国でもマイナーなアイオンが、一体いつ交誼《こうぎ》を結んだんだ？」

「つい最近だよ。加えて言えば、リミアの勇者のパーティにも一人交じっているんだけどね。当代は極めて珍しい事に、〝剣〟が二人出てるから」

「女神の剣か。彼らの存在意義を考えれば、妥当ではあるのか。この国のクーデターを起こした連中の背景にいるのは、反神教団を前身とする組織のようだからなあ」

「アズ君ってさ。俺は脳味噌筋肉の行動理念を持って無茶しますって公言する割に、昔から抜け目ないよね。情報収集とか諜報活動とか、どうやってるか知らないけど、凄く精度高いし。ホント、騎士は演じてるだけだよね」

「やめてくれ、結構傷つくから。俺、命懸けて騎士やってるから」

「フラれた女の愚痴《ぐち》だから、やめてあげませんー。にしても、反神教団《はんしんきょうだん》も何度潰しても地下に潜っては復活するからねえ、頭痛いよ。でも、それもこれも想定内、私のお仕事だ。アズ君はいいよ、アレとは私が話をつけておくから。ツィーゲには指一本触れさせない」

ルトは小さくため息を吐きつつ、アズノワールに去る事を勧めた。

その口ぶりから、今ここに近づきつつある存在に覚えがある様子だ。

だがアズノワールの方も同様で、二人はツィーゲとアイオンを取り巻く事情について、その背後に横たわっているものまで把握しているらしい。

ではルトに任せてローレルに出立《しゅったつ》、とは動かないアズノワール。彼はルトの半歩前に出て、女神の剣なる存在と対峙する気構えのようだ。

「アズ君？」

「ツィーゲには、柊家の末裔《まつえい》が住んでいてな。俺がこの街に来たのも、それが理由の大半なわけだったりする。あんな物騒なのを、目的も知らずに素通りさせるのは有り得んよ」

「ヒイラギ……。あ、確か始まりの冒険者の一団に加わったヒューマンの中の一人がヒイラギって……思い出した、アヅサ＝ヒイラギだ」

「ああ。ついでに言えば、お前とギルドの契約をする前に死んだ、俺のどうしようもない愚弟が婿入りしたのも、その柊家だ」

「弟……コナ君か！　っ‼　じゃあまさか、あのトアがっ⁉」

「既に血は薄まりきっているが、一応な。本当に俺は、どうしても救いたい人ほど救えない無能だよ。しかしルトよ、よくトアがそうだと分かったな。彼女は自力で荒野から蒼鬼晶剣《ラピス》を取り戻した、文句なしに一流の冒険者だ」

「実はね、もうすぐここに来る奴が、用があるのも彼女になんだよ。それも、そのラピスって短剣が遠因でね」

「あれはギルドスキルで合成した、宗守の願望剣《デザイア》に近い能力を持たせた剣ではあるが……その真価はついさっき引き出せるようになったばかりだぞ？　遠因とは一体なんだ、ルト。彼女が関わる以上、俺も退《ひ》く事はできん。教えてくれ」

「デザイアって……そんな怪物剣だったの、あれ。いや、問題は剣の能力じゃない。トアがあれを取り戻した由来なんだ」

「仲間と街の人の協力を得て人の縁に恵まれた、と聞いているが」

アズノワールはトアとの会話を思い出す。

彼女は確かにそう言っていた。決して自力でなんかじゃないとも。

「うん。その中で最も大きく力を貸したのが、クズノハ商会。剣を取り戻す導きを務めたとも、演出をしたとも言えるんだけど……説明の仕方によってはこの辺りの事情が、そこの代表とトアの間に、良くない感情と、関係の亀裂を生みかねないんだよね」

「導きと言えば確かに協力者だろうが、演出となると必ずしもそうじゃない。ふん、実際その商会がやった事も、相当グレーなんじゃないのか」

「そこは否定しない。ただクズノハ商会の代表ライドウこと深澄真は、女神の気まぐれでこの世界に拉致された日本人であり、その根っこは悪人じゃない。その上、今のツィーゲにおいて彼の立場はレンブラント商会に並んで重要な双璧になりつつあり……冒険者の要になりつつあるトアと彼の関係が崩れれば……」

「街の崩壊を導く蟻《あり》の一穴《いっけつ》になり得る、か。そのライドウとか名乗っている日本人、相当脇が甘いタイプみたいだな。この状況下で自らそんな火種になるとは」

　真は事情が他と異なり、人間ではなくヒューマンでありながら、状況的には賢人であり、確かに日本人として国籍も持っている。

　従って、アズノワールの解釈と事実は若干異なるわけだが、その部分の説明を始める様子は一切なく、ルトは話を続けた。

「必ずしも彼だけの責任というわけではないけれどね。脇が甘いのも否定はしないよ。そのくせ夜のガードはとことん固いし、困ったもんだよ」

「……今、不思議とライドウへの印象が少し良くなった。というか同情した。お前、その子にもちょっかいかけてるのか。ほどほどにな」

　アズノワールが発した〝ほどほどに〟というフレーズには無視を決め込んで、ルトはさらに現状を説明していく。

「ともかく、磐石に近いツィーゲを内から崩せる計画の中で、現状一番可能性が高そうなのがライドウへのトアの不信と憎悪を掻き立てさせる事、ってわけ。こっちに来てる女神の剣はどっちかっていうと軍師タイプの術師だから。私としてもツィーゲとクズノハ商会の事となるとね、少し肩入れしたくて、こっそり来たんだけどね」

「その上、こういう大事な局面では自分が動くタイプ、か。信用できる部下が乏しいのか、はたまた自分以外を信じないタイプなのか。どちらにせよ、トアを陰謀に使う気なら許せんな。お前もいてくれる事だし、ちょっとだけ表に近い部分で剣を振るっちゃうか。どう思うね、そこの人？」

　騎士が不意に投げかけた言葉が、ルトとは違う方向へ飛ぶ。その先には、軽装ながら術師としての装備に身を包んだ一人の女がいた。

　ヒューマンだ。

　連れはなく、見た目には普段着に術師のローブを羽織《はお》り、杖を手にしただけにも思える。だが良く見れば、その装備が極めて高級な一点物で構成されている事が分かる。

　そのまま竜と対峙しても全力で戦える。

少なくとも、そのくらいの準備で来ているのが、二人にも一瞬で分かった。

「それは私への評価について？　それとも貴方が私と戦おうとしている事について？」

「っと、これは失礼。貴方への評価については忘れていただけるとありがたい。私はどこにでもいる平々凡々《へいへいぼんぼん》な騎士、アズだ。まずはお名前を伺えると嬉しいな、女神の剣よ」

「……情報の漏洩って大嫌い。私への評価だけど……前者は大正解、後者はほぼ大正解よ。頼れる仲間は一人だけいるけど、別行動中なの。それから貴方が私と戦う云々は、好きにすればいいわ。燃えカスが一つできるかできないかだけの話だから」

女は名乗らず、己についての質問に騎士の言葉を無視して答え、女神の剣と呼ばれた事への不快を口にしただけだった。

「トアとの接触は個人的に、そして冒険者の味方としても賛成できないな、アルテ＝バレット」

ルトから名を呼ばれ、女はあからさまな不快な表情を浮かべた。

「……ファルス。女になったり男になったり、忙しい人ね。どういう事？　私は女神様の命に従ってアイオンを救い、逆徒を討伐する身。確かにツィーゲについては何も仰ってはおられなかったけど、国から一都市が独立する、それもクーデターに乗じてだなんて、とても真っ当なものじゃないわ。きちんとアイオン王国に戻るように手を尽くすのが、悪い事かしら」

アルテ＝バレットというらしいその女は、間違いなく女神が気に入るであろう美しさを備えたヒューマンだった。

顔も首も、装備から覗く手足も、日焼けなど悪だといわんばかりにその肌は白く美しい。

やや癖がある金髪は、本当に黄金でできているのかと思うほどに輝いているように見えた。

その口から紡がれた美声もまた女神への信仰に満ちていて、己の在り様にも一切の疑問を持っていない。

アズノワールがふと苦笑を漏らしたのは、そうした部分への感想代わりだったのかもしれない。

「真正面からやる分については、私はあくまでも中立。けれど冒険者《トア》を君の策に利用して内側からってのは、ちょっといただけないって言ってるだけ。だから考えを改めないなら、私は個人的に貴方の邪魔をする事にしたの」

ルトの言葉に続いて、アズノワールが立場を明らかにする。

「そしてそのトアは俺にとって守るべき者の一人。通りすがりの騎士として見過ごせんと、そういう事だ」

アズノワールは背負っていた幅の広い日本刀のような、不思議な形状の大剣を抜き構え、何事かを唱える。

すると、手にしていた剣の幅がさらに広がり、実に奇妙な形に落ち着いた。

刀と呼ぶには巨大で、あまりにバランスを欠いた形状だ。

大きさを別にすれば、鎌倉時代後期から南北朝時代の物として残っている短刀『庖丁正宗《ほうちょうまさむね》』に酷似《こくじ》していた。

そんな異様な刀剣を騎士が構える。

「わお、いきなりそれを出すんだ。アズ君はやっぱ分かってるね」

「支援は頼むぞ。騒ぎになる程度に暴れれば、この御仁もここが戦うべき場かどうか分かるさ」

「持久戦になんてなるとでも思ってるの？　珍妙な剣だけど、私には関係ない。貴方は一分でお仕舞いよ。ファルス——いえ、ルトは言葉遊びで嫌がらせがしたいだけでしょうし」

「さて、どうだろうね。少なくとも彼を一分で仕留めるってのは撤回すべきだと思うよ、アルテ嬢」

「それは女神本人でもなきゃ不可能、だな」

「あろうことか、私のみならず女神様にまで。……その侮辱《ぶじょく》の意味は、己《おの》が身《み》をもって知りなさい下郎」

「侮辱したつもりはないが、君のようなグラントの相手は、老体には骨が折れる。一撃をもって軍師殿への警告としようか」

アズノワールの言葉とともに、彼の剣に力が集まっていく。そして巨大な猪にも。

「なら、私もとっておきを出しちゃおっか」

ルトの体が金色に染まる。

「女神の剣たる所以《ゆえん》を知らぬわけでもないでしょうに。何者も私の障害になどなりえない事、思い知り――っ!?　それは、貴方一体……!?」

アルテの言葉が、アズノワールを見て途切れた。

「神霊猪顕現《しんれいちょけんげん》、開帳《かいちょう》・雨月一文字《うげついちもんじ》……突貫《とっかん》！」

「天津《あまつ》吐《と》息十三連《いきじゅうさんれん》♪　A君に蹴られてゴーホームだ、このお邪魔虫！」

馬に蹴られて死んじまえを言いたかったのか、ルトはお怒りの模様。

アズノワールが異様を晒してアルテに高速で突っ込み、それを援護するようにルトの放った十三の圧縮されたドラゴンブレスが異様な軌道を描いて、それぞれの標的に襲い掛かる。

対するアルテは、驚異的な速度で詠唱を組み上げる。ほぼ無詠唱発動に近い。

発動した魔術は彼女の周囲に展開され、襲撃者であるアズノワールに襲い掛かる。

「なるほど、君は『赤』か！」

「そう、私の前では誰もが等しく無力。理由は、知っているようね、さようなら！」

激突。

衝撃と爆発、轟音《ごうおん》が周囲を満たす。

人と人の戦いとはとても思えない、悪夢のような光景だ。

上位竜の頂点たる天竜のブレスも、幾度も荒れ狂う。

地獄絵図だ。

駆け抜けたアズノワールは、戦闘前のような格好で大剣を右手に持ち、左腕はだらんとさせていた。負傷したのだろう。

アルテはその場を動かなかった。だが見る者が見れば分かる。彼女の魔力は半減しており、肩で息をしている。

ルトはもう一度『天津吐息十三連』を発動直前で待機させ、追撃の用意をしてアルテを見ている。

「退《ひ》けば、追わない」

アズノワールが振り向いた。

「そうだね、引くなら撃たないであげる。今日はね」

ルトはアズノワールの負傷を見て怒りを覚えたが、騎士の判断に従う。

「……貴様ら」

「アルテ＝バレット。いいのかな？　このままだと君、ツィーゲで超がつく有名人になるんじゃない？」

「この件、ただでは済まないわよ、ファルス。それに、そこの化け物も」

アルテに視線を向けられ、アズノワールは肩を竦める。

「多分、二度とは会わない。痛み分けで逃げ切ろうと思う」

「世界の果てまでだって追い詰めてやる、いずれ、絶対にね」

アルテ＝バレットの姿が消える。

「行ったか。ちゃんと帰ってくれたようだ。じゃあ、俺も行くよ。ルト、元気でな」

「クソアルテめ、何もなければ、アズ君と久々の逢瀬《おうせ》が待ってたのに。空気読めないな女神の剣て」

ふざけた様子のルトだが、その目からは涙がこぼれていた。

アズノワールはあえて触れず、〝元気で〟と別れを口にする。そして腕を一振りしてどこかへ転移し、消えた。

その日、ツィーゲの郊外で幾筋《いくすじ》かの光条と轟音、多大な魔力が飛び交う異常事態が生じた。

ツィーゲの冒険者の自警部隊は迅速に動いたが、間に合わなかった。

実に機敏な反応だったのは確かだ。

その場には戦闘の痕跡こそあれど、当事者の姿はおろか死骸《しがい》の一片すらなく。

後日、少なくとも上位竜と上位精霊クラスの存在が複数激突したようだという、まったく馬鹿げた調査の結論が出る始末。

調査にあたったスタッフは実に有能で、その馬鹿げた事がほんの短時間とはいえ実際に起きていたわけだが、常識的に考えれば〝ああそうでしたか〟と認めるには無理がある。

結果彼らは、何度も調査に赴いて徒労を重ねる事になった。

事実はその日ツィーゲにいた三人のみが知る。

トアと真の因果がこの日、ツィーゲに偉大な騎士と最も古い上位竜を呼び寄せた事。そしてそれこそが密かに街の危機を救っていた事を、当の二人が知るのはまだ先の話だ。

月が導く異世界道中
Tsuki ga michibiku isekai douchu.
原作 あずみ圭
漫画 木野コトラ
1～14
シリーズ累計420万部!
(電子含む)
TVアニメ
第3期制作決定!!
とことん不運、されどチート!!
薄幸系主人公の異世界放浪記
主人公・深澄真は両親の都合で、不運にも異世界へと召喚される。しかもその世界の女神に「顔が不細工」と罵られ、問答無用で最果ての荒野に送り込まれてしまう。人の温もりを求めて荒野をさまよう真だが……。
●B6判 ●14巻 定価:770円(10%税込)／1～13巻 定価:748円(10%税込)
無料で読み放題
今すぐアクセス!
アルファポリスWebマンガ
コミックス
好評発売中
月が導く異世界道中
14
あずみ圭
木野コトラ
レシート応募キャンペーン実施中!
420万部
おかげさまで
TVアニメ
第3期制作決定!

Re:Monster
リ・モンスター
金斬児狐
Kanekiru Kogitsune
1〜9・外伝
8.5
暗黒大陸編1〜4
シリーズ累計
170万部
(電子含む)
突破!
2024年4月4日〜!
TVアニメ
放送開始!!
(TOKYO MX、BS11ほか)
ネットで話題沸騰!
怪物転生
ファンタジー
最弱ゴブリンの下克上物語 大好評発売中!
【小説】
1〜9巻/外伝/8・5巻
◉各定価：1320円(10%税込)
◉illustration：ヤマーダ
新章
【小説】
1〜4巻(以下続刊)
◉各定価：1320円(10%税込)
◉illustration：NAJI柳田
コミカライズも大好評!
【漫画】
1〜11巻(以下続刊)
◉各定価：748円(10%税込)
◉漫画：小早川ハルヨシ

風波しのぎ
Kazanami Shinogi
THE NEW GATE
ザ・ニュー・ゲート
01〜23
シリーズ累計
270万部突破!!
(電子含む)
話題のTVアニメ化作品!!
1〜23巻好評発売中!
風波しのぎ
THE NEW GATE
ザ・ニュー・ゲート
01 終わりと始まり
23巻 定価:1430円（10%税込）
1〜22巻 各定価:1320円（10%税込）
デスゲームと化したVRMMO一RPG「THE NEW GATE」は、最強プレイヤー・シンの活躍により解放のときを迎えようとしていた。しかし、最後のモンスターを討った直後、シンは現実と化した500年後のゲーム世界へ飛ばされてしまう。デスゲームから“リアル異世界”へ——
伝説の剣士となった青年が、再び戦場に舞い降りる!
illustration：魔界の住民（1〜9巻）
KeG（10〜11巻）
晩杯あきら（12巻〜）
コミックス1〜15巻
好評発売中!
漫画：三輪ヨシユキ
15巻 定価：770円（10%税込）
1〜14巻 各定価：748円（10%税込）
THE NEW GATE
ザ・ニュー・ゲート
1
デスゲームから500年後のゲーム異世界へ
絶対覇者降臨
新たなる無双伝説開幕!!
15万部!
大人気ファンタジー待望のコミカライズ!
アルファポリスHPにて大好評連載中!
アルファポリス 漫画
検索

サービス残業から始まる現代ダンジョン英雄譚!

サービス残業続きの青年、渡陽向。「体を動かせば良い企画が思いつくはずだ」という考えから、彼は帰宅途中で目にしたダンジョンに足を踏み入れた。ついでにストレスを解消するため、モンスターをサンドバッグにしながらダンジョンを探索! そんな陽向の前に、強大なモンスターと襲われている美少女が現れた!? 目立ちたくない彼はサクッと敵を倒して帰宅したのだが、少女が撮影した動画が拡散され、世界中でバズってしまう。ダンジョンでサービス残業をしていただけなのに…… 青年の冴えない人生は一変する!!

◉定価:1430円(10%税込)　◉ISBN 978-4-434-34064-2　◉illustration:riritto

この作品に対する皆様のご意見・ご感想をお待ちしております。

おハガキ・お手紙は以下の宛先にお送りください。

【宛先】

〒150-6019 東京都渋谷区恵比寿 4-20-3 恵比寿ｶﾞｰﾃﾞﾝﾌﾟﾚｲｽﾀﾜｰ 19F
（株）アルファポリス　書籍感想係

メールフォームでのご意見・ご感想は右のＱＲコードから、
あるいは以下のワードで検索をかけてください。

アルファポリス　書籍の感想　検索

ご感想はこちらから

本書は Web サイト「アルファポリス」（https://www.alphapolis.co.jp/）に投稿されたものを改稿のうえ、書籍化したものです。

月《つき》が導《みちび》く異《い》世《せ》界道中《かいどうちゅう》 20

あずみ圭（あずみけい）

2024年 6月 30日初版発行

編集－仙波邦彦・宮坂剛
編集長－太田鉄平
発行者－梶本雄介
発行所－株式会社アルファポリス
〒150-6019 東京都渋谷区恵比寿4-20-3 恵比寿ｶﾞｰﾃﾞﾝﾌﾟﾚｲｽﾀﾜｰ19F
TEL 03-6277-1601（営業）　03-6277-1602（編集）
URL https://www.alphapolis.co.jp/
発売元－株式会社星雲社(共同出版社・流通責任出版社)
〒112-0005東京都文京区水道1-3-30
TEL 03-3868-3275
装丁・本文イラスト－マツモトミツアキ
地図イラスト－サワダサワコ
装丁デザイン－ansyyqdesign
印刷－中央精版印刷株式会社

価格はカバーに表示されてあります。

落丁乱丁の場合はアルファポリスまでご連絡ください。

送料は小社負担でお取り替えします。


ISBN978-4-434-34088-8 C0093